我想象着，在飞行普及之前……敢于做梦的人们是怎样发现了飞行的秘密？

艾玛·卡罗尔受尼尔·杰克逊的原创灵感以及历史本身的启发，重构了关于世界上第一只热气球的故事。

故事里有乐趣，有公鸡，有鸭子，有羊，有玛丽·安托瓦内特（法国路易十六的王后），有间谍……噢，还有一个足智多谋、聪明机灵的女孩，以及她背后诱人的秘密。

在《追逐天空的人》中，艾玛以发自内心的激情，将这场对天空的追逐，变得栩栩如生——飞翔从未有过如此神奇的感觉！抓紧了，伙计们！准备起飞……

国际知名出版人：巴里·坎宁安

英国鸡屋出版社

追逐天空的人

[英] 艾玛 · 卡罗尔（Emma Carroll） 著

袁秋婷 译

SKY CHASERS

中信出版集团 | 北京

图书在版编目（CIP）数据

追逐天空的人 /（英）艾玛·卡罗尔著；袁秋婷译
. -- 北京：中信出版社，2020.3（2025.11重印）
书名原文：SKY CHASERS
ISBN 978-7-5217-1405-0

Ⅰ. ①追… Ⅱ. ①艾… ②袁… Ⅲ. ①儿童小说—长篇小说—英国—现代 Ⅳ. ① I561.84

中国版本图书馆 CIP 数据核字 (2020) 第 016916 号

追逐天空的人

著　　者：[英] 艾玛·卡罗尔
译　　者：袁秋婷
出版发行：中信出版集团股份有限公司
（北京市朝阳区东三环北路27号嘉铭中心　邮编　100020）
承 印 者：嘉业印刷（天津）有限公司

开　　本：880mm × 1230mm　1/32　　印　　张：8　　字　　数：159千字
版　　次：2020年3月第1版　　印　　次：2025年11月第32次印刷
京权图字：01-2019-6729
书　　号：ISBN 978-7-5217-1405-0
定　　价：39.80元

献给

那些没有被载入史册的名字……

一

真的是太难过了

1

1783年3月，法国南部

我等到午夜，教堂最后一声钟声响起时，便立刻动身，飞速穿过石子路。我赤脚踩地，脚底早已磨出皮革般厚实的老茧。这座名叫阿诺内的小镇此刻静悄悄的。门窗紧闭，蜡烛全熄。小镇如同一个沉睡的人，在睡梦中酣甜地一呼一吸。这正是我最理想的状态：万籁俱寂，只有天上的星星和地上的我，还有干好那件麻烦事儿后便可得几块赏银的许诺。镇上这一带，被人们称为“老巢”，因为街道漆黑、曲折，像极了动物的巢穴。遵纪守法的体面人是不会来这儿的。如果不是走投无路，你也不会来这儿的。我害怕的，并非黑夜——当你是个贼时，最危险的其实是白天。

不过今晚，我承认我有点紧张。我浑身冒汗，尽管三月的晚上，天气还很冷。这一切都是因为我把自己卷入了一桩生意——黄昏时分，一个客户在艾尔斯咖啡馆门口找上了我。

“你就是小喜鹊？”女人劈头盖脸地问。她用一双奇怪的灰眼睛上下打量我，像极了一种牧羊犬。

我双手叉腰，回瞪她一眼。我很好奇，她把我这样一个黑皮肤的女孩当成了什么人？

“你是谁？有何贵干？”我向来不信任知道我名字的陌生人。

“我是德拉克洛瓦夫人。有人告诉我，可以在这儿寻到你，和你的……小鸟。”她指的是可可，我驯养的小公鸡。它和往常一样，蹲在我斜挎在胸前、为它特制的包里。“那人还告诉我，你是方圆数里技艺最高的小偷。若是真的，我希望你替我办一件小事。”

需要声明的是，我可不是冷酷无情的罪犯——从不干杀人越货的事。我只是一个扒手，这里摸一块面包，那里顺几枚硬币，足够我和可可过活就行。我只偷那些愚蠢的有钱人不小心没看住的东西。我自认为是在帮他们汲取教训，这没有什么不对吧，根本算不上犯法。一直以来，我都是一个人单独行动，所得也为自己独享。我觉得这样最好，可以省去不少麻烦。

然而这位德拉克洛瓦夫人想要的，不过是从生丁街上的一所房子里取出一只箱子。她虽穿着普普通通的黑色衣裙，但看上去很体面，像是一位家庭教师或修女。于是，我更加好奇她为何不自己去取那箱子。

“对不起，女士。我不帮人做事的。”我告诉她。

我这么说，似乎惹得她不高兴了。她看我的眼神，让我感觉，她似乎早已看透了我的心思。我浑身不舒服，犹如芒刺在背。我决定了，这人不可信，于是拔腿就走。

“我想要的东西，藏在那只箱子里。”她的声音里竟有了一丝恳求，“请至少考虑考虑我的报价。”

你知道吗？当她摊开双手——她戴着皮手套，皮革柔软、漂亮，一定值钱——手心里竟有五枚闪闪发光的金币。五枚啊！

好吧，我当然立刻改变了主意。“没问题，”我赶紧说，“包在我身上。”

她瞥了一眼可可。“鸟就不要带了。它会吵。”

“不会的，夫人，它不会发出一丁点儿声响的。”我没有说谎。自从我数月前从一场斗鸡中救下它，它大部分时间都在睡觉、吃虫，褪去旧羽、长出新毛。我从没听它叫过。

“不要带鸟。”她斩钉截铁地重复道。

我不想丢下可可，但我更不想失去那五枚金币。

所以，我才在这儿，按照德拉克洛瓦夫人的指示，走向河边。我把可可藏在了一处篱笆下，就在事成之后与她碰头交货的地点附近。我兴奋极了，想着明天早上，就有钱买早饭了，甚至可以去安东尼大街上那家叫“兰斯洛特家”的高档点心店买栗子蛋糕吃。

不过，我还是很紧张，手心直冒汗。我对那五枚金币起了疑心。这事儿绝对不像想象中的那么简单——要不然，德拉克洛瓦夫人干吗给我这么大一笔酬金？

过了桥，我便拉起围巾，遮住脸，只露出一双眼睛。我深吸一口气。今夜很冷，星星如寒冰般闪烁着，夜空如天鹅绒般幽黑。晴朗的天空是吉兆，是时候驱散心中的疑虑，集中注意力，准备行动了。

爬上你眼前的第一段台阶，德拉克洛瓦夫人吩咐过。

我数了数，总共爬了六十级台阶。接着，眼前出现了一条路。向左急拐之后，路变平坦了。我停下来，喘口气，然后凝神静听，确保四周无人。

我又重新上路，这次注意到了周围的房子。这一带的房子比我住的“老巢”区的房子，要宽敞、气派得多。房前都带有专供马车行驶的车道、玫瑰花园和大门。我的目标不是街上最大的那栋房子，也不是最小的。说实话，我看见它立在其他房子中间，是那么普普通通、其貌不扬，其实挺吃惊的。我忍不住去猜想，有一家人，住在这所房子里。打住，我可不想知道啊。最好不要知道你偷的人是谁，否则会良心不安的。

我躲在门柱后，仔细检查：进来的路？出去的路？有狗吗？有守卫吗？人们还醒着吗？反正，从这个角度，看不到有人活动的迹象。

一旦摸清这个地方的情况，我立马从大门溜了进去。车道很长，碎石子在脚下咯吱作响，于是我踮起脚，小心翼翼走着，直至来到房子的前门。屋内一片死寂，黑灯瞎火，没有拉窗帘的窗口，也黑漆漆的。我三步两步来到侧门边。这一定就是入口了。喏，德拉克洛瓦夫人提到的蔷薇花丛就在这儿。不得不承认，她给的指示倒是清晰明白，很合我意。这个地方，非常适合蹲点、藏身，门口的情况也看得一清二楚。

然而，我还没来得及溜进花丛，侧门开了。我瞬间石化了。不要啊！这可不在计划中！

“快点啦，伏尔泰，”一个小男孩的声音说，他好像正在把一只什么动物往门外撵，“你赶紧办事，我马上要锁门了，好吗？赶快！”

是一只狗。有人把狗放了出来！我赶紧趴在地上，一动不动。

男孩还站在门口。“怎么了，老伙计？你看见什么了？那边有人吗？”

我一动也不敢动。这下糟了，小喜鹊，我对自己说，又开始紧张起来，你连门都还没进，就被人盯上了。

然而，那只狗既不吠，也不吼——它……嘎嘎叫。真的，它叫得和鸭子一模一样。我简直惊呆了，憋不住笑了。干我们这行的，一定要不露声色，切忌发出一丁点儿声响，可我还是没能忍住，用力捏住鼻子也没用。

“伏尔泰，你发现什么了？”男孩又问。

我忍不住冒着风险瞥了一眼。我把蔷薇花丛微微拨开，竟然看见了一只鸭子。一只活生生的鸭子。鸭子长得挺俊——雪白雪白的羽毛，蓬松又漂亮。牵鸭子的小男孩，看上去十分结实、健康，乌黑的头发向后束起，露出一张憨厚朴实的脸。这让我再次怀疑起了这趟差事，他的家人到底做了什么，让德拉克洛瓦夫人如此不安。在她看来，一定很糟，不然她也不会雇用我这样的小偷来解决问题。

我静静地藏在花丛中。等男孩和他的鸭子回到屋里，障碍排除之后，我数到五十，然后迅速爬到门前。门锁了，钥匙也被拿走了，不过，这对我来说不成问题。我从口袋里掏出一只旧发卡，再全神贯注地捣弄几下，门就“咔嗒”一声开了。

屋内，一条走道：我顺着走道，深入房子内部。石板的地面十分光滑，脚踩在上面，甚至有一丝丝暖意。我穿过厨房，闻到饭菜的香味——肉香，蒜香——忍不住流了口水，但我不能分心。假如能够顺利完成任务并脱身，我一定在回来的路上抓一大把吃的带走。

上楼，德拉克洛瓦夫人说，到房子的顶层。你要寻找的，是阁楼里的一间书房。

爬上几级台阶后，眼前出现了另一条走道。这条走道铺有地毯，走道两侧，烛火通明。走道似乎贯通了整座房子。问题是，虽然各个房间的门都关着，但有几扇门下漏出了烛光。我听见门里有咳嗽声和低沉的说话声，显然有人还醒着。事情不太妙。我心跳加快。不能再耽搁了，必须直奔目标。

走道尽头，是我在寻找的楼梯。楼梯小巧，蜿蜒至二楼——阁楼。找到楼梯，我松了一大口气。烛光照不到这里，声音也传不到这里，这里的黑暗，幽深而沉寂。我赶紧上楼。

顶楼，只有一扇门，一个房间。即使在黑暗里，我也能分辨出，这里的安静与其他地方的不同：更浓厚，更深邃，像是声音被书页吸收了。我闻到了皮革、蜡烛和墨水的气味。穿过房间，纸张在脚下嘎吱作响。

一只装贵重物品的箱子，德拉克洛瓦夫人说，一只红色漆皮箱子，皮面上有金色纹饰，箱子正面有锁，箱子上面有姓名缩写：JM。

不过此刻，这些细节还派不上用场。房间里漆黑一片，伸手不见五指。而且，我也不识字，至于什么姓名缩写，我只能连蒙带猜了。

我伸出手，摸索着探路，找了一圈，并没有发现箱子。在我快要失去希望时，一件硬物戳痛了我的脚趾。我痛到尖叫，哇——当然没有发出声音，只是做出了一个夸张的口型！我单脚跳着，反复揉搓另一只脚。

然后我意识到了——我竟然跌跌撞撞地踩上了那只箱子。我俯下身，好好摸了一遍。没错，正如德拉克洛瓦夫人描述的那样，是一只皮质箱子，正面有锁。我咧嘴一笑：终于找到了。

不过，我可没时间庆功。我得赶紧把箱子带出去。箱子不重，但形状太怪，四面全是棱角，手很难拿，而且太大，也不好别在腰间。然而，我运气爆发，脚底轻便，眨眼间便回到了楼下。

脚一着地，我就拼命朝门口跑去。我没有停下拿吃的。等得到那五枚金币，我就可以去“兰斯洛特家”买一大盒栗子蛋糕了。

快了，接近后门了。我已经感到了扑面而来的冷风。再下几级台阶，再拐个弯，就到了……

我一个急刹车。

那男孩和他的鸭子就在门口。他背对着我，双眼盯着门。

“我明明锁过门了呀，肯定锁过了。”男孩咕哝着，“伏尔泰，都是你干的好事儿，要不是你又出去解手，这门肯定锁得严严的，直到明天早上。”

他起了疑心。我慌了。一定不能让他看见我！我一挥拳，砸碎了头顶的一盏灯笼。伴随着“砰”的一声巨响，玻璃碎了一地，走道也瞬时陷入一片黑暗。

“站住！不许动！”男孩似乎比我更害怕。

我冲向门的方向，却和他撞了一个满怀，他差点倒栽过去。

“喂，你别跑！”男孩大叫。

突然，他抓住了箱子的另一端。我赶紧用两条胳膊死死抱住箱子，决不松手。

“放手！”我嘶吼道。

“你放手！”他使劲拽箱子。我以两倍于他的力道，把箱子拼命往回扯。

这时，箱子上的锁“乒”的一声，开了。接着，整个箱子颠翻了，里面的纸张，如瀑布般，“哗啦”倾泻了一地。我低声骂娘。把箱子，连同里面的东西，原封不动地交给我，德拉克洛瓦夫人叮嘱道。

好吧，我决定了，她得凑合着用了。我放开箱子，抓起一大把纸，塞进我的裙子里。

“这些纸，你不能带走！”男孩听见我捡纸的声音，大喊道，“它们对我们很重要！”

但我需要拿点东西回去，以证明我来过，尤其是如果我想得到报酬的话。我加快了动作。

“你不能偷走它们，”男孩苦苦哀求，“求你了。”

有人举着蜡烛，从走道深处，向我们走来。“这吵吵嚷嚷的是在干什么？”一个女人的声音说。

我夺门而逃。就像我之前说过的，我可不会跟被偷的人磨叽，也不会老想着他们。我现在唯一的想法就是跑，跑，跑。

2

到了河边，我才敢回头看一眼。街道黑漆漆，空荡荡的。不过，这就是它在凌晨时分该有的样子。一旦确定没有人跟踪我，我慢了下来，改跑为走，扯下围巾。那些纸在我的连衣裙里摩擦出沙沙声。我认为自己做得没错，但又突然产生了严重的怀疑。德拉克洛瓦夫人想要的是箱子，不是吗？我只拿到了箱子里的东西，而且还不全。

我的心情顿时一落千丈。我又累又饿，只想尽快完成任务，拿到应得的赏金，然后彻底脱身。如果她不肯把五枚金币全给我，四枚我也可以接受。或者，如果她拧我的胳膊，我想我拿三枚也行。三枚金币也比我之前赚的多得多。

我们计划在关卡附近碰头。关卡左边有一条小道，直通山顶。在小道的尽头，有一道门。凌晨四点，钟声响起时，德拉克洛瓦夫人将在那道门前等我。虽然还有的是时间，但我着急赶去，因为我把可可留在了那儿。它被裹在我的外套里，藏在篱笆下。我可不想山上的狐狸先我一步找到它。

我出城时，月亮升了起来，投下影子。看着明朗的晴空，我心里轻松了许多。到了关卡，我向左转，沿小道上山。这时，我发现路上已有了脚印。是一个人的。很大，但足跟纤细、小巧。

我肩膀一紧。原来，她早到了。

我循着脚印，一路来到山上。山上完全是一派郊野景象，树篱笆很高，在我的头顶上赫然耸立着。皎洁的月光仿佛给万物披上了一层银纱。终于，小道走到了尽头。眼前出现一道门，一个身材高大、肩膀宽阔的人影，斜倚在门上。那人穿着一件斗篷，巨大的衣摆像极了一对黑色的翅膀。德拉克洛瓦夫人已经在等我了；其实，按照计划，应该是我先到等她的。计划有变，让我心生疑窦，格外警惕地走近她。

“你说四点钟碰头的。”我质问她。

“我这人性子急。”她回答说。我在心里祈祷，她可千万不要对我带来的那些纸失望啊。就在那时，我注意到她手上举着什么东西，仿佛那东西有毒或有害似的。

我惊恐地睁大了眼睛。

是可可。它还裹在我的外套里，但正挣扎着想要逃离。

“不要伤害它！”我大喊。

“我们刚刚只是增进了对彼此的了解，仅此而已。”她冷冰冰地说。

我舔舔嘴唇，让自己平静下来。但我的心一直狂跳不止，实在无法冷静。我冲上前去抢夺可可，可她一扭身，把可可举得更高，让我够不着。

“好了，好了，直接上来抢，太不礼貌了吧。”她挖苦道。很明显，她是不会交出可可的，除非我先把她想要的东西给她。真的，她尽管拿去吧，我也厌烦了一沓纸在裙子里不停地刺痛我的皮肤。

“拿着。”我从裙子里掏出那沓纸，“拿去吧。”

我一边把纸塞给她，一边趁她不备，从她怀里连着外套把可可拽了过来。她措手不及，只好放手，检查起那些纸。

“这是什么玩意儿？”

“箱子形状太奇怪。”我设法解释，“不好拿。而且当时情况很险。屋子里的人还醒着。”

她眯起眼睛打量我。“屋子里的人，是谁？”

我想起站在后门的那个男孩和他的鸭子，以及手持蜡烛从走道深处走来的女人。他们是我不愿去多想的好人家。

“我不知道是谁——”

“我派你去从一所房子里取出一只保险箱。就是这么简单的一件事。你说过没问题的。你应该是最能干的啊。”她打断了我的话。

我有点生气了。

“听着，女士，我已经尽力了。箱子里装的就是这些纸啊。我以为你要的就是纸啊。”我把其余的纸都从裙子里取出来给她，不料她一把推开，纸散了一地。

“我要纸干什么啊？”她大叫。

“但是他们——”

“你刚刚造访的那一家，”她的声音盖过了我，“他们家就是开造纸厂的，而且是镇外最大的一家造纸厂。纸，对于他们来说就和空气一样。所以，你别和我装了，你带回来的东西根本不值钱。”

“但这些纸是被锁起来的，”我坚持道，“这不就意味着它们很重要吗？”

这句话点醒了她。她不耐烦地叹了口气，从地上捡起一沓纸，翻看起来。我注意观察她的表情。一开始，她一脸厌烦和无聊。我的心沉了下去。我抚摸着可可的头，稳定自己的情绪。

然后，她倒抽了一口冷气。她好像很吃惊，而且很兴奋。她的脸上渐渐浮起了笑容。

“哈哈，”她低声咕哝着，捡起更多的纸，“某人最近挺忙的啊。”

我不知道她在说什么。不过，我继续留意她的神情。这会儿，她又皱起了眉毛，咬着腮帮子，似乎在飞速地思考。我承认，我挺得意的。经历了一场混乱后，她还能从幸存的几张纸里，找出有价值的东西。看来，我拿这些纸，是拿对了。

她继续埋首纸堆的时候，我到篱笆下找回了装可可的斜挎包，它还原封不动地挂在之前的位置。我把可可装回包里。是时候离开了。

“你拿到的是全部吗？”她突然问我。

“大部分吧。”我把手在裙子上蹭了蹭，然后伸给她，“你还要付我报酬，对吗？”

她停下来，又看了一会儿纸。然后，她竟出其不意地向我扑来，杀我个措手不及。

“喂！你干吗呀——”

她锁住了我的喉咙，连掐带捏。皮手套咯吱咯吱响。纤长的手指犹如藤蔓缠绕着我的脖颈。我无法呼吸了。

“报酬？”她低吼，“你还有脸提报酬！你的活儿还没干完，远远没完！”

我试图开口说话，可她掐得太紧了。被她揪住了辫子，我很生气。街头生存的第一法则：力量不行，速度弥补。我可以跑得和灰狗一样快，但我还是跑不过一个身强体壮的成年人。不过，我还是又抓又踢地徒劳挣扎着。

“我就算杀了你，也没人惦念你。”她对我说。

我恐慌极了，以为她就要杀我了。我脑袋嗡嗡响，眼睛直冒金星。在我的胸前，可可扑棱着翅膀，想从斜挎包里出来。

“啊！”德拉克洛瓦夫人大叫，“你那可恶的鸟竟敢啄我！”

就这样，她的手松开了我的喉咙，并狠狠推了我一把。我被自己的脚绊住，“咚”一声，摔倒在地。

我大口喘气，仍感到窒息。我睁开迷茫的双眼，抬头一看，她还没走，正高高在上地俯视我。她的脸上有血迹。我紧紧地搂着可可，尽力安抚它。我从未如此恐惧。

“听着，你个无耻的小浑蛋！”她怒骂道，“只要我没拿到箱子，这件事就还没完！”

我惊得合不拢嘴：老天，她居然要我再次潜入那所房子！

她一定看见了我脸上错愕的表情，因为她俯下身子，凑到我脸前说：“我们回头见，小喜鹊！”

然后，她一脚踩在我身上，好像踩的是马路上的一坨马粪。我不敢出声，也不敢动，静静地躺在原地，听她走过草地时裙摆发出的声响。这声音越来越微弱，直至消失——她走了。确定她走远之后，我一骨碌爬起来，剧烈地咳嗽，咳到想吐。

过了一会儿，我好多了。可可小小的身子温暖着我，让我感觉好受多了。

“好小子，是你把她打跑的。”我对可可说，“你打架比我厉害呢。”

我不知道接下来该怎么办，不过我敢肯定，德拉克洛瓦夫人还会回来找我的。

草地上散落的不够有价值的纸页，已经被露水打湿，像破布般软垂着。我漫不经心地用脚捅着这些破纸玩儿。

好吧，我是没能拿到她想要的箱子。但她对这些纸很感兴趣，不是吗？她不是还问有没有更多吗？

我有点搞不懂了，也很疲累了。我的脖子上，她掐过的地方，还在隐隐作痛，但我还是爬过去，仔细瞅了瞅那些纸。借着明亮的月光，我看清了纸上那些好笑的像胡须一样的文字和图画。很多很多张图画。

文字我读不懂，但我能看明白那些画。有天空、树林和山峦，还有屋顶和教堂的尖顶。另有一幅，画的是星空。

我很喜欢这些画，是真心喜欢。画笔潦草，就像是某人在灵感迸发时，匆忙绘就的。他的画笔追不上灵感的速度。每幅画里都绘有一个图形——有点类似长方形。也可能是我看图的角度问题吧，这个图形似乎悬浮在空中。但这不可能啊。只有鸟儿和梦想家，才能在天空中飞翔。

二

实在是太开心了

3

不知不觉间，就到了第二天早晨。天气骤变，狂风肆虐，气温上升。我依然浑身僵硬、冰冷，因为我一夜未合眼，不停地在想那只该死的箱子和箱子里的图纸。我和可可还待在原地，没有离开巷子。前一天晚上，我觉得与随德拉克洛瓦夫人回到镇里相比，还是待在山上过夜比较安全。不知什么时候，我和可可相互依偎着，挪到了一处篱笆下。此刻，我们还在这篱笆下，我的小公鸡正躺在我的怀里睡得香甜。它喜欢睡懒觉，从不打鸣。有时候，我真觉得它不是一只鸡，更像一只宠物狗。

然而，当我从篱笆下钻出来时，眼前一张纸也没有了。一张也没有。我猜，是大风把纸吹散了，也就是说，纸可能飘到了任何地方。我也不清楚自己心中究竟是失望还是释然。

不过此时天空给了我慰藉。一抬头发现正是我最喜欢的那种——蓝莹莹的天上，洁白的云在迅速飘移——我看着天空，心情顿时好转。今天的我，胆子也更大了。那个讨厌的女人，她大可以去找别人取她的箱子。反正我决定了，下次她再来找我，我就请她自便。

我正倚着门琢磨这事儿，突然发现天空中飘着一个奇怪的东西。它就在我头顶上，悬浮于林子上空。我真心以为是自己太累了，太饿了，所以眼花了……可那东西越飘越近，我也看清了，是一个“白色的长方形”。绝对不是云彩，也不是风筝，更不是飞鸟。我心直痒痒，想跟上前去一探究竟。

我一把抱起熟睡的可可，把它放进斜挎包，然后穿过大门。门后的草场十分开阔，枯黄的矮草布满山坡，沿山坡往下，便可以回到镇上。离开篱笆的庇护，我才感到狂风的威力。风吹得裙子紧贴在腿上。我脚底趔趄着，才勉强站直身子。在我头顶上空十米处，那团白色的东西正快速飘过。它看上去就像从晒衣杆上被风刮走的一条巨大的床单。

突然，一个男人的声音响起：“拽住绳子！千万别放手！”

我吓了一跳。虽然四周不见人影，但这声音似乎就在我身边。我可不希望被人看见，尤其一大清早的在山上，会显得形迹可疑。我最好蹲下，保持不动。

“哦，爸爸，我们不能松手让它飞一会儿吗？”一个小男孩的声音问，“它还没飞过这么远呢！”

父子俩从篱笆后钻了出来，快步迈向草地。他们刚刚就藏身在离我不远处。我看见他们的背影——一个戴着破旧假发、穿着绿色外衣的男人和一个头发乌黑、兴奋不已的男孩。他们径直跑向那个飞行物。跑到一半，男人突然停了下来，俯着身子，好像岔气了。“快去追！抓住它！”他对男孩喊道。

我饶有兴味地看着眼前这一幕。在开阔处，更容易看出问题——那飞行物四周虽垂满绳子，但没有人牵住，所以才越飘越远。

作为一个小偷，看到此情此景，我本能地兴奋起来。但这回还须谨慎，因为谁知道这玩意儿会飞向哪里——草场？河边？还是镇上？

男孩继续奔跑。他动作迟钝，笨手笨脚，根本追不上。最后，他终于凭运气及时拽住了其中的一条绳子。一阵疾风骤起，飞行物被猛然掀上了天，在风中摇摆、舞动着……

男孩紧紧扯住绳子，叉开双腿，似乎想让自己的重心更稳、更沉。但他还是敌不过强风。飞行物移动得太快，他被拖着，连连后退。

男孩哭了起来。“我做不到，爸爸！我不行了……”他嚷嚷着，好像在说绳子缠住了他的手腕。他具体说了些什么，我也没听清楚。不过，我听出了他话语里的恐惧。我也开始为他感到担心了。

“挺住，儿子！挺住！”男人对男孩说。

一阵大风刮过，风力之巨大，似乎足以撕碎所经之途上的一切。飞行物也被风撕扯着，在草地上跳荡、跌撞。男人试图抓住其中一根拖在地上的绳子。他张开双臂奋力一扑，却扑空了。

又来了一阵巨风。这一次，飞行物升得更高了，带着小男孩飞了起来。我目瞪口呆地看着他双脚离开了地面。接着，他落地，腾空，又落地。我心里一紧，大事不妙了。男孩开始尖叫。

我想都没想就如离弦之箭般冲向了绳子。经过男人身边时，他发现还有第三人在场，吃了一惊，但他还是朝我挥挥手，示意我继续。

“快追上他！你比我跑得快。”他上气不接下气地说。

我点点头。“帮我抱着鸡，好吗？”

男人眉头一挑。

“你就帮忙照看一下嘛。”我说着，把可可塞进了他怀里。

不一会儿，我就追上了那个男孩——或者说，是抓住了他悬在我头顶上的腿。风停歇了一阵。飞行物降了下来，男孩也随之落了地。不过，他还是没法脱身，因为绳子缠得太紧。

“别踢我，”我警告他，“我是来帮你的。”

他一脸茫然地瞪着我。好笑的是，他的脸——一张皮肤黝黑、神情憨厚的脸——我似乎在哪里见过。我心中一惊，原来是他。这可不妙。事实上，我开始打退堂鼓了。因为他就是昨天晚上那所房子里，养了一只宠物鸭、逮到我偷箱子的那个男孩。

我不知道，在我拿掉脸上的围巾后，他有没有认出我。我真心希望他没有。再说了，我俩现在也没时间打招呼寒暄。又起风了，我听见树叶发出了沙沙声。

“准备好。”我说，“动作快的话，咱们两个人应该可以控制住这个东西。”

可我们还是不够快。

风呼啸着，袋状的飞行物很快鼓满了空气，迅速上升。男孩被绳子拴住，随之升空。突然加大的升力，使绳子从我手中滑脱。

“坚持住！”我大叫道，“别松手！”不过，那该死的绳结紧紧束缚住他，他也没法松手。他随着风，在草地上飘过来荡过去，脚尖时而着地时而腾空。我在后边追他。我们穿过了一片草地，跨过了一道道藩篱，越过了一条小巷。我双腿酸软，快要跑不动了——终于——在一片耕田里，这玩意儿终于从空中落了下来，男孩的双脚也终于着了地。我在他身边停下，连连喘气。

“一起风，它又会升空的，”我喘着气说，“求求你，赶紧把那绳结解开吧。”

“我不敢，”他回答说，“假如它飞走了，我们就没有模型了。”

“那你也没命了呀。”我提醒他。我没问模型是什么东西。

但他好像吓傻了。于是，我自己动手帮他解开绳结。慢慢地，绳结松开了。我一边解绳子，一边任由风搅乱头发。

这袋状的织物很快又鼓满了风。“呼”的一声，它又开始往上蹿。男孩大叫起来，他努力站稳。但随着飞行物的上升，他又开始被拖得满地跑。我拼命扯住他的外衣，他的双腿，他身体的任何一个部位。

我身后，突然传来一声吼：“看在老天的分儿上，赶紧再抓住一根绳子啊！”

一根绳子正从我眼前迅速溜过，我赶紧使出全部力气，紧紧抓住了它。现在好了，我也被扯得满地跑了。我的脚还在地面上，但这也只是因为，我的两条腿移动得跟风车一样快，才好不容易跟上。

瞬间，地面离我们远去。我们升空了，越升越高了。我胃里痒痒的。我感觉自己正踏着空气奔跑。绳子突然绷紧，我唯一能做的，就是紧紧抓牢了。

男孩却没能坚持住。看见他缓缓放手，我的心跳到了嗓子眼。他落地的瞬间没有发出任何声音。我紧紧闭上眼睛，不敢去看。

然而，想知道他平安无事的冲动战胜了恐惧。我往下瞥了一眼，发现他正躺在我下方五米左右的草地上。

“说话啊，儿子。”男人俯在男孩的身体上，他的声音出奇地清晰，“哪里疼吗？”

“我浑身都疼。真的，爸爸，我再也不干了，你别再问了。”那个男孩——他的儿子——试图坐起来。然后，他发现了我。“看那个女孩！快看！”

他们抬头注视我，一脸惊愕。真好笑：从来没有人这么看过我。不过很快，他们就被我甩在了身后。

没了男孩的重量，袋子升空的速度更快了。我飞过了另一片草地，越过了另一条巷子。巷子里，牛群在漫步。我又飞过了一个谷仓顶。还在不断上升中。我双臂的肌肉已经灼痛了。我快坚持不住了。我也知道，从这个高度摔下去，就不只是疼那么简单了。大地会扑面而来，然后……“砰”，我就死了。我唯一能做的，就是祈祷一切快点结束。

这么想着，我的心情反而平静了。假如这就是我在世上最后的时光，我不会再浪费一分一秒。从这上面俯瞰，景色也挺壮观呢。

虽然胳膊很疼，但我已经逐渐适应了这种摇摆、失重的感觉。我不敢相信，我在飞翔。我曾经一次又一次地仰望天空，渴望翱翔于天宇。甚至羡慕在污水沟啄食的鸽子，羡慕它们轻拍羽翼，便可逃离肮脏街区。如今，奇迹发生在了我身上。我感到周身轻盈，仿佛肉体已不存在。仅此一次，我不再感到寒冷、饥饿，我感到自己充满了勇气、力量和活力。

从空中俯瞰，世界全变了样，像玩具店的橱窗，或者说，像大地被施了魔法。一切都变小了，也更加可爱了。田间的奶牛，如精巧的瓷娃娃；镇外的河流，如闪闪发光的玻璃镜。我飞过树梢，树梢直耸而立的样子，让我想起了洋蓟。我就像一只小鸟，俯瞰着这一切，想象这般良辰美景，会不会也有看腻的一天。

但我没这机会。

风突然停了。我头顶上的袋状物，一秒前还鼓鼓的，下一秒就瘪掉了。树林突然近在咫尺。不一会儿，我的脚就触到了树梢。袋子耷拉下来，了无生气地垂在我身边的树枝上。树枝承受不住我的体重，“咔嚓”一声，我坠了下去。

我坠落得很慢很慢，像一片羽毛缓缓飘落。不过，没有羽毛那么优雅——因为树枝不断地钩扯着我的头发、衣服和肌肤。

我狠狠地摔在了地上。有一股气从胸口冒出。我整个人都感觉不好了。我不知道应该先移动身体的哪个部位。我试图坐起，左肩发出一阵爆裂声。我没叫。但我感到背后沁出了一层冷汗。我的头顶上，树木似乎弯成了一道弧线。视线越来越暗。我看见的最后一个片段，是一双穿白袜子的腿，向我跑来。

4

我十分肯定，我已经死了，已经去了天上那个叫“天堂”的地方。虽然我也不太在意自己身在何处——这里又暖和又舒适——只要没人撵我走。但是一睁眼，我看见了床单、被毯和压在我脑袋下的枕头。我人生头一回，睡在了一张真正的床上。

那个一脸憨厚的男孩在我身边。他正坐在我的床边看书，他的宠物鸭正站在他的椅背上。鸭子第一个发现我醒了。我发誓，它在恶狠狠地瞪着我，好像完全不信任我似的。我也回它一眼，这只愚蠢的鸭子。这惹得它生气地嘎嘎叫。

鸭子的叫声引起了男孩的注意。他放下手中的书，抬头看向我，笑着说：“你好！你感觉怎么样了？”

我试着从床上坐起来，这并不容易，因为我的左胳膊打了绷带，绑在胸前。而且，很疼——浑身上下都疼，好似有一头公牛从我身上踩过，接着掉过头，又踩了一遍。

“还死不了。”我不太习惯柔软的床和被人嘘寒问暖，感觉有点尴尬，“这是哪里？”

“我家——我是说，我父母家。那场事故后，我们把你带了回来。你不记得了吗？”

我摇摇头。我的脑海里，一切还很模糊，记忆像是带着毛边儿。我记起零星片段——空中的景致、左肩的碎裂声，还有一个幽灵似的东西，我怎么也捕捉不到。

一想起它，我便恐惧得胃痉挛起来。

“你叫什么名字？”男孩问，“我叫皮埃尔·孟格菲。这位——”他转过身，

去挠鸭子的下巴，“是伏尔泰，我的宠物鸭。”

“这鸭子的名字够厉害啊。”我评价道。

皮埃尔咧嘴笑了。“可不是嘛，我就是用那位作家的名字给他取的名，你知道的。”

我不知道。但我记得从哪儿听说过，皮埃尔一家是开造纸厂的，这就意味着他家不缺钱，他可以读书识字、随心所欲。

“你叫什么名字？”皮埃尔问。

“呃……”我在想，编一个名字会不会更简单。但皮埃尔的脸上写满友善——这一点，我喜欢。

“小喜鹊。”我说。

“小喜鹊？这是女孩子的名字吗？”

我有点不高兴了。“好吧，但这就是我的名字，你不是想知道吗！”

“你的姓呢？”

我眨眨眼。姓？

“我没有姓，也没有家，只有可可和我相依为命。”我回答说。

我本可以告诉皮埃尔，我的爸爸曾经从阿尔及尔乘小船偷渡而来，所以我遗传了他的黑皮肤、黑头发和对冒险的热爱。我的妈妈爱好却不同，她爱喝杜松子酒，在我还未记事时，就把自己喝死了。从此以后，我不得不独自闯荡、自谋生路。我活得还不赖。所以，在我看来，家人没那么重要。

“小喜鹊，”我语气坚定地重复道，“我就叫小喜鹊。我在这儿多久了？”

皮埃尔掰指一算。“两周零一天……不对，零两天。”

我吓坏了。“真的？”

我从没待在一个地方超过一夜的。新的一夜，新的门户，这是我的座右铭。这样意味着更安全。如果你不停地移动，就没有什么人和事，可以追上你。

“这段时间，我一直在睡觉吗？”我问。

“差不多吧。你睡梦中还说了一些有意思的话，什么金币啦，什么交差啦？你知道是什么意思吗？”我摇摇头。然而，害怕的感觉越发强烈。我模模糊糊记得，有一个我不想再见到的人。如果她知道我在这里，必定寻上门来。我可不想给皮埃尔的家人惹上麻烦。

“感谢你们为我做的一切。我得走了。”我说着，双腿伸向床沿。

我试图站稳，但地板似乎有意与我对着干，如风暴中的轮船般倾斜，我头一晕，又瘫倒在了床上。

“得了吧。”皮埃尔说，“在你身体全好之前，哪儿也别想去。”

“我已经全好了，”我顶嘴道，“你们一家人收留我，为我做这一切，真是太感谢了。但请告诉我，你们把我的公鸡搁哪儿了。我马上带着它离开。”

“你塞给爸爸的那只鸟吗？那只一直睡不醒的鸟吗？”皮埃尔说，“它跟着我们一道回家了。我们怎么也摆脱不了它。”

“它还好吧？”

皮埃尔点点头。“它一直在卧室门外等你。它很想见你，小喜鹊。”

可怜的可可。我都快感动哭了。“我可以见它吗？”

皮埃尔打开门。我那亲爱的橘色羽毛的朋友，就在门外。如果一只鸡也能有开心的表情，此刻它脸上就写满了开心。皮埃尔来不及逮住它，它就冲进卧室，跳上床，依偎在了我怀中，仿佛我俩从未分开过。我立刻感觉好多了。我再次尝试下床，可还是失败了。

“别这么犟。你需要休息，”皮埃尔对我说，“你那天从那么高的地方摔下来，帮我们保住了‘模型’。”

又是那个奇怪的词。

这个词进一步激起了我的回忆。慢慢地，我脑海里的迷雾一点点散去。现在，我看清了那些拖在地面上的绳子。风太大了，不是吗？那团白色的东西鼓满了空气还是……还是……什么的……而且上升得太快了，拖着我们离开地面，向天空飞去。

奇怪的是，我记忆最深的，不是坠落的过程，而是之前——在空中飞翔的时刻。离我越来越远的大地，皮埃尔和他父亲脸上惊讶的表情。这是我有生以来所经历的最不可思议、最魔幻的时刻。光是想想，我就激动得心怦怦直跳。

“重来一次，我还会帮忙的。真的，是实话。”我说，“可惜你最后松手了，因为空中的景色真的太美了。你肯定会很喜欢的。”

“相信我，我才不后悔呢。”皮埃尔说，“那天本来就不该试飞的。我也绝无再飞的打算。那玩意儿一点也不安全。”

“不过，也许有一天，它会变安全呢。”

他迅速转移了话题。“我不是有意冒犯哈，小喜鹊，但你身上的气味，简直像一头老驴。不，比老驴还要难闻。”

“哼，你身上的气味才像……”但事实是，他身上太干净了，没有一丝异味。

半小时后，一个一脸怨气的女佣走了进来。她满头大汗，腋下和后背也湿透了，像在发高烧一样——我看见她拖在身后的锡皮浴桶，才恍然大悟。

“我一路从地下室搬上来的，你最好心存感激。”她瞪眼怒视我。扔下浴桶，她就消失了，然后又一趟一趟地上来，往桶里倒热水，直到浴桶盛满。有一趟，她离开时忘记关门了，于是，我无意中听见了她在走道里说的话。

“韦尔特太太，我在搬洗澡水，没办法再做其他事情。”她抱怨道，“还有牲口要喂，约瑟夫老爷又变得那么古怪——一会儿要人给他削铅笔，一会儿又把图纸揉碎，歇斯底里地叫着他的设计再也做不下去了。”

“是他太沉迷飞行了，奥黛特，”一个岁数更大的女人说，“自从那晚图纸失窃之后，他或多或少已经放弃了。不过，他就是不肯回造纸厂上班，一天到晚坐在书房里，看着窗外发呆。”

听到这里，我耳朵突然刺痛。图纸失窃？听起来好熟悉。

最后的谜底也揭晓了，咔嗒一声，茅塞顿开，就像用发卡开锁的过程。而那天晚上，我不正是用发卡开锁，闯入了这座房子吗？如今，我再也不为自己的雕虫小技感到骄傲了。事实上，我感到羞愧难当。我偷走的那些纸——每一张纸代表不同的天空，飞行物飘浮在天空中——就是皮埃尔的父亲为飞行器绘制的图纸，不是吗？

我痛苦地呻吟。这是我干过的最混账的事儿，尽管我向来劣迹斑斑。

奥黛特又开始说话了：“我猜是因为那场事故。倒不是因为那个小喜鹊——我听说，皮埃尔少爷也差点出事。”

“失去独子，他们可没法冒这个险，不是吗？”韦尔特太太应和道。

“而且很有可能是唯一的孩子了，照孟格菲夫人最近的身体状况看。她肯定吓坏了。”

奥黛特风风火火地回到房间时，我尽力装作自己没在偷听。她递给我一块纸包住的东西。我警惕地嗅了嗅。

“这是肥皂。”她难以置信地瞪着我。接着，她从围裙口袋里，掏出一把剪子，径直朝我走来。

我吓坏了，赶紧缩回被窝里。“这是要干吗？”

“剪你头发。韦尔特太太说你头发必须剪掉。你头上长虱子了。”

“我没有。”但我不自觉地挠起了头皮。我身上长满了虱子，这的确是事实。

她让我起床，在一只板凳上坐好。她剪头发的手法可一点儿也不温柔。不一会儿，地板上便落满了头发，我真心怀疑我头上已经没有头发了。然后，她一脸嫌恶地把落发扫进垃圾桶烧掉。

我穿着宽松的睡袍，袖子容易挽起，方便她帮我拆系绷带。我还未反应过来，她已经扯掉了我的睡袍。我一丝不挂地站着，瑟瑟发抖。

“别看我。”我警告她。

她翻了个白眼。“我有空啊，谁稀罕看你那干柴棒一样的小身板。”

现在，我几乎开始享受洗澡了。坐在浴桶里，就像坐在一个大大的温暖的水坑里，这是洗澡舒服的地方。当然也有不舒服的，奥黛特狠狠搓洗我的背部时，我感觉她一定是把我当成了一块石地板。之后，她给了我一件干净的睡袍。洗完澡，我整个人都瘫软了，所以很高兴回到床上。正在这时，鸭子伏尔泰的脑袋出现在了门口，紧接着，皮埃尔的头也伸了进来。

“你这样好看多了。”皮埃尔咧嘴笑道，“我们可以进来吗？”

我无奈地耸耸肩。我猜像他这种男孩子和他的鸭子，一天到晚游手好闲，也没什么正事好干。他又坐回我的床边，递给我一面镜子，那种值好几枚硬币的银镜。“你看过自己的样子了吗？”

我百般不情愿地举起了镜子。我从商店橱窗和马槽里看见过自己的影子，知道自己长得不怎么样，但举起镜子，看见自己光头的样子，却还是吓了一跳，极不适应。别以为我爱臭美啊，只是没了头发的遮挡，我的眼睛显得太大了，脸上的雀斑也一览无遗，像树叶般贴在双颊上。我整张脸，棱角太过分明，眼窝深陷进阴影。我把镜子塞回给皮埃尔。

“我看起来就像个男孩子。”我嘟囔着，紧紧抱起可可。至少，可可不会嫌弃我。然而，伏尔泰，那只一脸神气地坐在皮埃尔大腿上的鸭子，嘎嘎叫了起来。“瞧，连你的鸭子也这么认为。”

“反正你比之前是好看了。”皮埃尔评价道。

我紧张起来：他说的“之前”是什么意思？洗澡之前？还是指那晚我试图偷走箱子，在楼下后门口与他发生争执那次？万一我脸上蒙了围巾也没能骗过他怎么办？他是不是认出我了？

再一次，我感到这间卧室——这间可爱的舒适的卧室——就是一个陷阱。

“我是不是被软禁了？”我紧张地问。

“软禁？”皮埃尔皱起眉头，思索了片刻，说，“哦，我想这得看你到底是谁了。”

“我是谁？”

“你梦里不停地提到金币什么的。你可能是间谍，为某人所雇。”

我忍住笑。“间谍？”他一定是小说看多了。但至少，他没有把我当成贼，我已经很高兴了。以前，我从不在乎别人对我的看法，但我却莫名在意自己在皮埃尔眼中的形象。

“我可不是说笑，”皮埃尔说，“外面真有间谍。最近我们已经经历了一起入室盗窃。这让我们意识到威胁是真实存在的。不过，幸运的是，上次他们偷走的不是什么关键图纸。”

“真的？”我的声音因为紧张，变得很尖，“那……呃……就好。”

我脖根一热，赶紧扯过被子，遮住脸。我脸上的表情，无异于挂出了一块“认罪牌”。

不可思议的是，皮埃尔似乎并没有注意到。

“真的，小喜鹊。所以，我们从现在开始得加倍小心了。”他解释道。他人太好了，根本不会想到我其实并不属于他的阵营。

我不得不承认，这番关于间谍的话，引起了我极大的兴趣。我挣扎着从床上坐起来，问：“这些间谍，他们想要什么呢？”

“知识，”皮埃尔答道，“你知道吗，发明飞行器的不止我们一家。大家在互相竞赛。没人想输。”

“那他们为谁所雇呢？”

“英国人。”皮埃尔叹口气，说，“不过，看样子，他们并不比我们顺利多少。他们和我们一样，也没法保持飞行器的充气状态。而且，他们还没解决承重问题。”

我皱眉问道：“承重问题？”

“就是飞行器在承受多少重量的情况下，既能够轻松升空，又可以不受天气影响。”

“你是指风吗？”我想起飞行器被狂风吹得像纸片般满天乱飞。

“是的。”

“所以说，那些英国佬想窃取你们的创意，对吗？”

“我知道他们在打这个鬼主意，小喜鹊。我亲眼看见过。假如你懂得如何分辨，谁是间谍，一眼就看出来了。”

“说说看，”我憋住不笑，“你是怎么分辨间谍的？”

“那些行为反常的人。那些无意间说漏不该知道的信息的人。或者……”皮埃尔抬起眉头，“半夜三更到处乱逛的人。”

“哦，明白了。”我认真起来。这个间谍活儿听起来和盗窃挺像的，都是去偷取不属于自己的东西。

虽然我也觉得这事儿挺荒唐的，但说实话，我无法忘记飞翔的感觉。像生命中其他有价值的事物一样，很快，别人也嗅到了气息，前来打探、觊觎。作为小偷，我太了解这一切了。

5

又过了几日，我身体好多了，可以下地走路了。我起床后第一件事，便是打开窗户，尽情呼吸清晨的新鲜空气。今天的天空漂亮极了，淡蓝色的天幕上，缀满粉色彩云。这种天空，预示着阿诺内将迎来又一个晴朗的春日。这些天一直待在室内，我变得动作迟缓、昏昏欲睡。对于我这种靠机灵和敏捷过活的人，这可不是好兆头。有意思的是，整日吃饱喝足，不受饥饿之苦，人就会不自觉地琢磨起一些事情——比如飞行，怎么让那个飞行物在空中停留的时间更久。这倒不是我该操心的事儿。我在这儿已经管了太多闲事了。

我隐约发现，楼下的果园里有什么东西。在树下，一道灰色的影子，刚刚还在，转眼间又消失了。或许，是一个人影。我突然害怕起来。该不会是德拉克洛瓦夫人吧？我尽力不去想。不过，我打赌，我俩迟早会再碰上的。

皮埃尔突然火急火燎地闯了进来，鬈发和衣摆如旋风般飘扬。伏尔泰一摇一摆地紧赶慢赶着，才勉强跟上他的脚步。

“赶紧的，小喜鹊！”皮埃尔叫道，“爸爸要见你。”

我吓了一跳。“为什么？”

“不知道。但你记住要叫他约瑟夫老爷，还要穿上这些。”他把一堆衣物塞给我，“你身体已经好了，是吗？”

“差不多了。”可以从病中散散心，我其实挺高兴，“我要换衣服了，你快看向别处。”

皮埃尔转过身，我抖开他给我的衣裙。款式和奥黛特的女仆装一模一样，还带有一顶配套的平纹小帽：我真不想穿成这样。

“我自己的衣服呢？”我问。我来这里的时候，穿了一身很漂亮得体的裙子。

“我不能穿自己的裙子吗？”

皮埃尔低头看向伏尔泰：“你告诉她，还是我来？”

鸭子呱呱叫了一声，听起来就不像什么好话，我忍不住哧哧笑了。

不过，皮埃尔却一本正经道：“伏尔泰想告诉你，你的旧裙子生跳蚤了，而且腋下都穿烂了。”

“胡说！”我说，“那是我最好的裙子。”

也是我唯一的一条裙子。

白天，书房完全是另一幅景象。我们头上开了三扇天窗，一抬眼便可以看见天空：难怪约瑟夫老爷一天到晚看着窗外发呆。其他一切——纸张，书和这地方的混乱程度——都和我记忆中的一模一样，这让我既感到亲切，又忐忑不安。

我认出书桌前的人就是皮埃尔的父亲。从他马甲纽扣紧绷的样子，可以看出他最近吃胖了不少，估计很少在田野里奔跑了。虽然他的书房里一片狼藉，他的书桌倒整理得十分清爽：没有钢笔、铅笔，也没有纸和笔记本。显然，他没有在工作。奥黛特和韦尔特太太说得没错。突然，我又对偷走图纸一事感到自责了，因为他真的比我更需要那些纸。我的自责，在目光不经意间落到附近书架上的那只红色箱子时，达到了顶峰。

“鸭子不许进来。”约瑟夫老爷说。他对着伏尔泰打了一记响指，伏尔泰一脸不屑地摇了摇尾巴上的羽毛。

“爸爸，”皮埃尔恳求道，“你知道的，伏尔泰它喜欢参与。”

约瑟夫老爷轻叹一声，坐回椅子上。“它还喜欢到处乱拉乱尿。”

我注意到皮埃尔的眼神：他虽假装恼火，最后还是乖乖地听从了父亲的命令。然后，又是一记响指，轮到我们被请入座。两把椅子上都堆满了书，我们不得不先把书移开。

“小喜鹊，你之前是干哪一行的？”约瑟夫老爷问。

“呃呃呃……”我不知该怎么作答。他和皮埃尔一样，有一张善良的脸，只不过他的脸更显苍老、沧桑。我心想，他也不希望听到实情吧。

“我就直说了吧。”他说，“我们的管家韦尔特太太说，家里现在人手不够，因为我弟弟一家也过来住了。我太太，孟格菲夫人，最近身体又不好，所以情况更糟了。”

奥黛特在走道上聊八卦时，不是提到过了吗？我又开始自责了，我应该对她为我所做的一切更加感激才对。家里已经有一个病人了，她还要做额外的工作，照顾我。

“所以呢，”约瑟夫老爷继续道，“皮埃尔认为这个职位挺适合你的。你有兴趣吗？”

我吃惊地鼓起腮帮子。我，即将在这里，在孟格菲府上工作？在偷了他们的图纸之后？

不过，他并不知道小偷是我。他以为我只是那个有勇气帮他抓住飞行器的小女孩。那个飞上了天空的小女孩。你知道吗？我想我可以慢慢习惯这个身份，即便这意味着我不得不穿成奥黛特那样。

“还是说，你在其他地方有工作了？”约瑟夫老爷问。

我忽然想起树下的那道人影。

“没有，先生。我没有工作。”我回答道。

“那就好。你身体好了，就开始做事吧。”他认真打量我，“你可以吗？你的肩膀痊愈了吗？”

“当然。”我赶紧抢在他认定我无法胜任之前说。

“好了，爸爸。”皮埃尔插嘴道，“既然大家都在，你为何不问问小喜鹊，她的飞行感受？”

我不禁莞尔一笑，我一直在等待他问起，说实话，我特别想好好聊聊那天发生的事儿。但是约瑟夫老爷突然脸色一沉：“皮埃尔，我觉得最好不要——”

“你应该听听她的话，”皮埃尔打断他，“说不定对你重新开始有帮助。”

“我好得很——不需要帮助。”约瑟夫老爷咕哝道，然后轻轻咳嗽一声，似在掩饰什么。

他在说谎。

皮埃尔翻了个白眼。“爸爸，承认吧，你遇到了瓶颈。自从那天把小喜鹊带回来后，你就毫无进展了。”

“你的意思是，自从那场事故后？”约瑟夫老爷语气突然变重了，“那天我们的试验非常失败，不是吗？你显然已经忘了，那天你和小喜鹊差点就没命了。”

皮埃尔畏缩了。“我当然没有忘记！我每晚还在做噩梦，但这并不意味着你应该停止——”

“如果你有个三长两短，你母亲永远不会原谅我的。天知道，她现在这种身体状况，估计根本承受不了打击。不，我已经决定了。这太危险了。”

“爸爸，我觉得你应该——”

“这个设计从一开始就有问题。”约瑟夫老爷打断道，“我们已经遭受过这么多次挫败。聪明人就该及时收手，以免更多不必要的损失。我们不该浪费时间和精力在注定失败的事情上。”

两人都不再说话了。皮埃尔盯着自己的脚，约瑟夫老爷看着墙壁发呆。我知道，如果我不趁此机会说点什么，我会后悔的，因为其中一次挫败是我造成的。假如约瑟夫老爷能够抽出一分钟，听听我在天空中飞翔的奇妙感受，他就会明白，人们值得为之付出所有时间，承受任何风险。

“嗯……先生，那天在草地上，”我想不起确切的词，结结巴巴地说，“那个……呃……”

“……模型，”皮埃尔点点头，鼓励我说下去，“继续，不要停。告诉他飞行是什么感觉？”

“你也飞过了，”我提醒他，“你感觉如何？”

他突然脸色惨白：“很糟糕。很可怕。但是你——”

“我喜欢，”我替他说完这句话，“那感觉太棒了。如果有办法做到更加平稳，升空的过程更加可控，你就可以长时间待在空中，待上好几小时！”

约瑟夫老爷摆摆手，示意我打住。但我太激动了，脑海里的想法气泡般往外冒，只好滔滔不绝地继续解说。

“就像那个窗帘，”我指着他身后敞开的窗户，“是风吹起它，将它灌满空气，然后又放下它。”

至少现在，约瑟夫老爷转过身看了一眼。

“是的，先生，”我告诉他，“它只在风……我也不知道该怎么形容……注入它的时候，才变得更大，更饱满……”

“嗯……”约瑟夫老爷喃喃道，“有几分道理。”

他开始认真思考我说的话。皮埃尔推推他父亲：“你不该把这点记下来吗？”

但约瑟夫老爷却把身子往后一靠，坐回椅子上，双手平摊在书桌上。

“让我说得更清楚一点。你的意思是，我们的飞行器只在袋子里充满空气的情况下，才会上升。”

“是的。”

“然而一旦空气泄出，它便很快降落……”他停下来，突然神色紧张地问，“小喜鹊，你那天是一个人吗？我们的模型，必须绝对保密。假如那天的事情泄露出去……”

“我不是间谍，如果你想问的是这个的话。”我干脆利落地回答道。

书房的门突然开了。一个我从未见过的男人，趾高气扬地迈了进来。他人高马大，身材魁梧，像一棵大树般矗立在房间里，使房间里的一切，包括我在内，顿时显得小了一号。

“他是谁？”我小声问皮埃尔。

“我叔叔，艾蒂安先生，老爸的弟弟。”他悄声回答，并做了一个鬼脸。

“看样子，你在拷问我们的客人嘛。”艾蒂安先生说，目光落在了我身上。

我也迅速打量了他一眼，但看不出他是孟格菲家的人。他和皮埃尔他们长得一点也不像，没有善良的脸，也没有忧愁的眉。这位孟格菲先生一脸得意和自信。

我敢打赌，他也不是那种会轻易放弃飞行器模型研发的人。

“小喜鹊在分享她的飞行经历。”约瑟夫老爷解释道，“我承认，她的话值得一听。”

我准备继续讲下去，但艾蒂安先生不耐烦地咂嘴道：“亲爱的兄长，我知道女孩子也可以很聪明，但恕我直言，像小喜鹊这样连书都没读过的女孩子，就不要让她参与咱们的研发过程了吧？”

没错，我是没读过书，也不识字。可我不蠢不傻。虽然我没有那么多花哨的词语来形容那天的经历，但我毕竟亲身体验、参与过，对于他们的发明，也确实有几点“心得”可以分享。

“让你们那个充气的袋子在空中移动的，是风，”我抢在他制止我之前说，“你们需要减轻它的重量，使它更加平稳可控。重量对了，它可以飞得更高、更稳。”

我看见了艾蒂安先生给约瑟夫老爷递的眼色。虽然让人不爽，但我偏要继续讲下去。

“想想看，”我告诉他们，“当我和皮埃尔两个人都挂在飞行器上时，它只飞了这么高。但当皮埃尔他……”

“摔下去。”皮埃尔扮鬼脸道。

“……好吧，我一个人，就飞得更远、更高了。”

艾蒂安先生抄着手，说：“我们的研究已经到了如此绝望的地步了吗？非得指望你的高见？一个小孩子——尤其你这样的小孩子——懂什么飞行力学？”

“我不懂，先生，”我脸上一热，“但这是我的亲身经历。”

“这正是问题的关键，艾蒂安。”约瑟夫老爷说，“在目前阶段，我们也什么都不懂。我们的方案之前行不通。我看将来也未必可行。”

“我们凭什么相信这个女孩？”艾蒂安先生问，“谁知道她是什么人？”

我又感觉到他的目光落在了我身上，似乎要一层一层地扒开我的皮，扒出我的本质——一个坏透了的小偷。我不喜欢这种感觉。或许，这个地方终究不是我该来的。或许，我应该尽早离开，回到我从前的生活。

但就在我转身离开的那一瞬，他抢先一步制止了我。

“你不许走，”他堵在门口，“你以为你可以带着我们的秘密一走了之吗？”

“我不会的！”我大叫道。

“她当然不会的！”皮埃尔也应和道。

“我想我们可以信任这个女孩，”约瑟夫老爷说，“毕竟，多亏她动作敏捷，才救了皮埃尔一命。”

我被他们的信任感动了，真的。我想要证明他们的眼光没错，我确实站在他们一边。这也是我前所未有的感觉。

我可以看出，艾蒂安先生还是对我不放心。但现在房间里的各位已经跃跃欲试，心中也有了希冀。至于这希冀源自何处——我的讲述，抑或艾蒂安先生的信心——我不知道。我只希望大家别再轻言放弃了。

“咱们最好抓紧了，”艾蒂安先生似乎在确认大家的想法，“否则英国佬要抢在我们前边了，我们就只能做发明飞行器的第二名了，根本没人会记住第二名的名字。”

三

一封信

6

那日早晨，我正式开始新的工作时，蒙哥尔费的工作尚未展开。他们还在犹豫不决。皮埃尔一整天不断地给我汇报他们的最新进展。

“他们在争论，”他告诉我，“爸爸想先把思路理清，不急于动手。艾蒂安叔叔却坚持马上行动。”

我点点头。我努力做到一边听，一边集中注意力在自己的差事上。房子后面，有一片鹅卵石铺成的庭院，院子后边是一片果园，种满橄榄树和樱桃树。孟格菲家的家禽和牲口都养在果园里。我的职责是饲喂这些动物：一群鸡，一只鹅和几只羊。养羊是为了喝羊奶。我最喜欢的那只小羊，有一张可爱的脸，喜欢轻咬人的脚趾。

“我叫它兰斯洛特。”我告诉皮埃尔。

他扮着鬼脸问：“兰斯洛特？女孩叫兰斯洛特？”

“对，女孩。”

“但在故事里，兰斯洛特是男人，是一名英勇的骑士。”

我不知道他说的是哪个故事，我心里想的是那家卖栗子蛋糕的点心店。我曾经对自己许诺过，一旦从德拉克洛瓦夫人那里拿回报酬，就去买栗子蛋糕吃。但我没和他细说。我的胳膊还使不上劲，所以皮埃尔在这儿，可以帮我拎拎桶之类的。不过，有一点不好，伏尔泰也在。我发誓这只鸭子在故意让可可吃醋，所以一直绕在我的膝边，寸步不离。我的公鸡紧张极了。我能感觉到，它在斜挎包里，爪子不停抽搐，这可不是吉兆，八成它又要给我惹祸了。

奥黛特又给我加派了一项任务。星期四格外忙，她告诉我。不仅要像平日一样准备五道菜的午宴，还要清洗衣物。韦尔特太太管理家务，向来严格。管家身材瘦小，下巴很尖，成天瘪着嘴巴，就像刚刚啜了一口醋似的。她大概是奥黛特在这个世上最怕的人了。

“你最好把你那只鸡弄走，”奥黛特悄声警告我，“韦尔特太太只允许一类动物出现在厨房里，那就是宰好待烹的生肉。”

“哦，让它留下吧。它不会惹事的。”我求情道。

果然，韦尔特太太一看见可可就说：“那只鸟，毛怎么还没拔？它一小时前就该进烤箱了。”

这让我意识到，厨房对于可可来说，是个危险的地方。我把它从后门带出，带得远远的，一直到了果园。

“抱歉啊，小子，”我对它说，“我会给你留几口好饭的。”

可它头也不回地径直走向了兰斯洛特。小羊嗅嗅它的脚爪，它也乐意让小羊嗅闻。然后，它依偎在了小羊的前蹄之间，仿佛那是世上最舒适柔软的枕垫。它入睡的速度简直惊人——比在我的怀里还快。哼，我决定不生它的气。

对于洗衣，奥黛特有一事没交代：热水和碱液会把双手灼得刺痛。她也没有告诉我，要清洗的衣物，几乎全是孟格菲太太的内衣。出于以上两条原因，我以最快的速度把衣服囫囵洗完。

奥黛特接着又通知我天要下雨了。

“快把衣服都晾在这里。”她指着天花板上悬吊的晾衣架说。晾衣架靠近火炉，可以利用火炉的热量烘干衣物。于是，我抱着一大堆湿答答的紧身衣、衬裙和睡袍，爬上板凳，去挂衣服。想来也好笑，我从没见过皮埃尔的母亲，却已经在晾洗她的内衣了。

我刚忙完，只见约瑟夫老爷手里拿着笔记本，走进了厨房。

“我不喜欢抱怨，韦尔特太太，”他把笔记本放在桌上，无奈地摊摊手，“但早餐的粥实在太烫了。”约瑟夫老爷只吃冷餐，这在家里人人皆知，皮埃尔告诉过我。显然，热食会让他的父亲肚子胀气。

韦尔特太太面无表情地听训。老爷走后，她把气撒到了我头上。

“到底是谁把这些湿漉漉的东西挂在这里的？”她发现了内衣。不过，在我这个新手眼里，内衣正在慢慢烘干，没有什么不好的。

“外面下雨了，夫人。”我说。

“下雨也要拿出去晾，雨很快就停了。”韦尔特太太不耐烦地叹气道，“你先别管这些，还有盘子要洗。下次你有什么不清楚的就问奥黛特。”

我正在低声咒骂奥黛特出的馊主意，却突然发现约瑟夫老爷把笔记本落下了。笔记本就放在厨房的案桌上，触手可及。我心痒痒了。或许，他与艾蒂安先生争论一番后，终于拨云见日，已经重新投入工作了。或许，全新的模型设计图就在这本笔记里！

确认过韦尔特太太没有在看之后，我赶紧偷瞄了一眼。我只挑图画看。它们和那天我在巷子里看见的图出自同一人之手。和那些图画一样，它们跃然纸上，如有魔法。我快速翻阅一张又一张图纸——椭圆的、球形的，还有一个泪滴状的，似乎是约瑟夫老爷最中意的，因为他画了很多次。也有不少一怒之下被打上大叉的设计。

我一张接一张地翻看。

然后，突然到头了。接下来，全是白纸了。最后一张图，是一个长方形飞行器，四角坠有绳子。我胸口一紧，认出了它。在绳子的末端，悬挂着一个男孩和一个女孩。

皮埃尔和我。

这幅图没有配文字说明，只有一个字："完"。

我不知道这个字是什么意思，但我感到了悲伤。激动与惊喜过后，突然——一切化为乌有。一条死路。那晚，德拉克洛瓦夫人看了我偷回的图纸后，以为蒙哥尔费正忙得不亦乐乎——她是这么说的。但他们根本没有。

一定有什么办法，让他们重新开始工作。

"让你洗的衣服怎么样了？第一批干了吗？"奥黛特在厨房那头喊道。

"什么？噢。"我抬头看天花板上的晾衣架，"快干了。只是有一点……"

我顿时说不出话了。

一件古怪的事情发生了：孟格菲夫人的内衣竟像风暴中鼓起的船帆般，眼看着越变越大了！它们扭动着，飘荡着……一会儿上，一会儿下，一会儿左，一会儿右，仿佛有了生命。

韦尔特太太随时可能发现，并告诉我这就是她让我把衣服晾出去的原因。眼前这一幕，简直就是微缩版的飞行器。衣服飘起，又落下。但不同衣服，又有所不同。孟格菲夫人的丝绸紧身衣，像香肠皮一样鼓胀着；而挂在旁边的棉衬裙，却纹丝不动。洗衣的事儿，我也不太懂。不过，我敢肯定，衣服不会无缘无故地自己移动。

我从案桌上的罐子里抽出一支笔，打开笔记本，翻到空白页。我画出炉子，厨房里的盆盆罐罐和平底锅。接着，上方的晾衣架。我眯起眼看，猜测两者之间的距离和高度。

“小喜鹊！”韦尔特太太怒喝道，“你在干什么？”

我吓了一跳，笔记本从手中滑落，掉到地上。我俯身去捡，可惜太晚。一只木屐踩在了本子上。

“这是什么？”奥黛特问。

我扑向她的脚。“不要！”

她动作太快了，一把抢走了笔记本。“你不会是在画内衣吧？”

我试图夺回本子。

她咧嘴笑道：“肯定是的，对吗？哦，我猜这画儿，很多人想看呢。”

我还没来得及脸红，耳边“嗖”的一阵风，韦尔特太太狠狠掴了我一巴掌，把我的帽子都打掉了。

“这里是厨房，不是艺术沙龙！”韦尔特太太大声呵斥道。

我知道，此时此刻，我应该表现得老实一点，显出惭愧的神色。可是，我忍不住看向奥黛特。她正目瞪口呆地盯着晾衣架，嘴巴张成了一个滑稽的“O”形。我顺着她的目光看过去。紧身衣已经胀得如此之满，整个儿从晾衣架上飘了起来，一直飘到了天花板上。

“我的天！”我踮起脚，惊呆了。假如没有天花板呢？紧身衣会不会一直往上飘啊飘，飘到天上？

然而，奥黛特却尖叫起来：“鬼啊！我的老天，有鬼啊！”

她没完没了地叫着，直到韦尔特太太往玻璃杯里倒满白兰地，让她一口气喝了。与此同时，韦尔特太太让我站在碗柜上，拿扫帚把紧身衣捅下来。它落下了，掉在地上，成了脏兮兮的一堆布料。奥黛特意识到厨房里并没有鬼，很快回过神来。

“你真是个蠢蛋，”她啐了我一口，“连衣服都洗不好。”

我迅速对她失去了好感，不论她有多么辛劳。

“至少我不怕一件紧身衣。”我指出。

奥黛特狠狠掐住我的腿。

“住手，你们两个！”韦尔特太太喝道。

厨房门开了。艾蒂安先生出现在门前的台阶上，手里拿着怀表。韦尔特太太的背明显僵直了。

“今天午饭上得太晚了，”他指着时间说，“你把我们都饿坏了，亲爱的韦尔特太太。”

“今早，在准备阶段，我们出了点状况，先生。”韦尔特太太赔笑解释道。我从没见过她以这样的口气说话。

我很庆幸，紧身衣已经泡在了桶里。不过，奥黛特就是没法闭上她的臭嘴：“小喜鹊在画画。”

我捏起拳头，攥住口袋里的笔记本。我真希望捏在手里的不是笔记本，而是奥黛特的脸。

“画什么？”艾蒂安先生走下台阶。

“呃……也没什么。”我想说，丝绸飘起来了，而棉衣却一动不动。我还想说，是火产生的热量，使衣服飘了起来。但我不知道该如何解释。最简单的办法就是掏出笔记本，给他看我画的草图。

“你看到衣服飘起来了吗？”我匆匆翻开每一张图。我很紧张。“因为空气是热的，所以衣服才飘起来。一定是这样的！”

“把我哥哥的笔记本还给我，谢谢。”我解释完后，他说。他从我手里拿走了笔记本和我发现的一切。“韦尔特太太？请尽快上菜！”然后，他扭头就走了。

我失望地看着他远去的背影。我相信，他根本没有好好听我说的话。

然而，在楼梯上，在他以为四周无人时，他停了下来，打开笔记本。我看见了。他在看我的草图。他歪着脑袋，手指敲着纸面，聚精会神地看着。看完后，他抬起头，看向我，对我点点头。我的脸颊顿时发烫了：我想，这大概就是他对我的认可了吧。

7

一周后的一天早上，我正一边扫地，一边吹口哨。皮埃尔刚好经过。

“你有什么高兴事儿呀？”他从我手中夺过扫帚，示意我和他一起到墙边坐坐。

“我不能停下来。韦尔特太太会杀了我的。”我回绝了他，并从他手中一把夺回扫帚。

他扮出一脸受伤的表情。“你现在工作比朋友重要啊？”

“才不是呢。”我赶紧解释，“工作和朋友——都重要，没有孰轻孰重。我只是不想惹麻烦而已。我喜欢这里。真的喜欢。”

我还想告诉他，我是头一回感到自己正在做一件体面、美好的事情。好吧，我的双手是布满了老茧，我的背也疼得厉害，但如果这就是诚实劳动的滋味，我也乐在其中。至少，不必时时刻刻担心背后有人。最棒的是，我们很快就要创造出世界上最伟大的发明了——只要蒙哥尔费按照思路走下去。但我看皮埃尔已经心领神会，因为他已经在冲我微笑了。

“那我就不打扰你了。”说着，他叫上伏尔泰。他俩晃悠着，去读诗，或者去干别的什么他们早上要做的事情了。出于习惯，我扫了一眼院子，寻找可可的身影。皮埃尔和伏尔泰来之前，它正欢快地啄食地上的灰尘。现在，它却没影儿了。

它肯定是去果园了。它那么懒，走不远的。另外，别忘了，兰斯洛特也在果园里。它现在可喜欢兰斯洛特了。然而，我只看见兰斯洛特孤零零地在橄榄树下。

“它去哪儿了？”我问兰斯洛特。它用鼻子，轻轻地、礼节性地顶了顶我的脚趾，然后继续去啃草了。看兰斯洛特吃草，就像看一位大小姐娴雅地品尝蛋糕。

我穿过树林，来到果园尽头。我开始有点不耐烦了。我还有活儿要干。如果可可再胡闹，它就必须待在斜挎包里了。

“你以为我忘记你了，是吗？”

听见德拉克洛瓦夫人的声音，我顿时僵住了。我转过身，却看不见她在哪里。她清了清嗓子，我才发现她正背靠墙站着。她捉住可可的双脚，倒提着。可可拼命扑棱翅膀。

“快放下它。”我生气地低吼道。

我慢慢挪向她。我忍住冲上前去一把夺回可可并抠出她那双眼睛的冲动。虽然天气很热，她还戴着手套，是一双绛紫色的皮手套，像极了生的肝脏。她一动不动。她知道自己占了上风。她选的藏身地点非常隐蔽，房子里的人根本看不见我们。

快要接近她时，我伸出手："求你了，把它还给我。"

"我们有约定在先的，不是吗？"德拉克洛瓦夫人根本不理睬我的请求，"你忘了吗？"

我默不作声。对的，之前我一直在试图忘掉这一切，但突然间它们又如潮水般涌了回来。就像牙疼，你以为彻底痊愈了，可突然牙又疼了起来。

"你还想要什么？你就不能放过我吗？"我气愤地问。

"我雇你办事，事还没办完。你还得继续为我做事。"

"不，我不会再听命于你了。"

"啊呀呀，咱们没必要搞得这么不愉快吧，"她说，"你答应过为我取回一只红色保险箱。你第一趟没成功，现在麻烦你再去取一趟。"

我摇摇头。"我不会去的。"

"小喜鹊，你知道吗？有些事情对我们很重要。"她语气温柔地说。然而，她捏了捏可可的脚，把可可疼得叫了起来。

"住手！"我大喊。

"我需要那个箱子。"她说。

我不忍心看见可可被倒拎的样子。可我也不愿出卖孟格菲一家。我不能去偷那些给了我重新生活机会的人。仅此一次，我终于过上了清白的生活。

"我不能为你做事。"我说。我的声音在发抖，"我现在在这里上班。而且，你从没给过我一分钱酬劳。"

她又一次掐住可可。虽然我求她住手，她还是不停地掐它。我受不了了。就在我准备大打出手时，她说："我现在就走进去，告诉你的新主人，你到底是什么人，怎么样？告诉他，你那晚偷走了什么？"

我顿时松开了拳头。她知道她捏住了我的命脉。

"你也不想这样，是吗？不过，我今天心情好，想对你仁慈一点，小喜鹊，我再给你几天时间。"

后门被人"砰"的一声关上了。有人来了：我回过头去看到底是谁。德拉克洛瓦夫人放开了可可，可可扑棱着翅膀，落在了我的脚边。我抱起它，亲吻它，安抚它时，德拉克洛瓦夫人已消失得无影无踪。

韦尔特太太站在果园门口，手里提着几个空桶。"快点，小喜鹊！搭把手！再弄点水来！"

"来了，韦尔特太太！"我很高兴被叫去做事。

整个上午，我一直很忙，忙着摘果子、倒水、捡柴。可我不停在回想德拉克洛瓦夫人提出的要求。小偷的身份告诉我，我完全可以取出箱子给她，而且肯定比上次轻松，因为我现在也住进了这所房子。我可以趁出去办差，或者像上次那样，趁夜深人静时给她。这次，我也不求什么报酬了，只要她肯放过我和可可。

但是，我不能这么忘恩负义。孟格菲一家待我这么好。我想想就羞愧难当。我偷过他们一次，已经很内疚了。再让我偷一次，我要自责一辈子的。她究竟为什么一定要那只该死的箱子啊？孟格菲一家到底欠了她什么，她要如此报复他们？

我唯一确定的是：她是在看了图纸之后，才提出让我再去取箱子的。这让我不得不怀疑，整件事和飞行器发明有关。虽然我匆忙间偷到的图纸不是她想要的，但这太巧合了，不可能有第二种解释。

不，她想要的图纸，还在箱子里。或许，她就是皮埃尔口中的间谍：倘若如此，那我就知道该怎么应对了。让我窃取情报，她再卖给英国人，想都别想。我虽然是个贼，但我决不会做法兰西的叛国贼。

镇上的大钟敲响下午两点的钟声时，天空是一片响晴的蓝。天气很热，我也累得筋疲力尽。

“休息时间到了，小喜鹊！”韦尔特太太站在后门的台阶上喊道。

屋里，仆人们聚在厨房案桌上吃午饭。但那里太吵太闹了，和我的思绪一样纷乱。我需要的是宁静。

于是，我拿上面包和乳酪，到果园吃。我盘腿坐在果树下，幻想如何逃脱德拉克洛瓦夫人的魔爪。可可和兰斯洛特陪在我身边。

“换作是你，你打算怎么办呢？”我一边喂小羊面包皮，一边问它。它看上去像是在细细思索，然后温柔、善意地顶顶我的脚，我感动得热泪盈眶。假如人类也和羊儿一样体贴，该有多好。

我们刚吃完，皮埃尔来了。他一屁股坐下来，像有重大事情要宣布。伏尔泰也学它主人的样子，可可赶紧逃入兰斯洛特的怀里避难。

皮埃尔从他的外套口袋里掏出一张报纸，展开铺在草地上。“今天的新闻，小喜鹊，”他听起来很紧张，“简直太可怕了。”

我不喜欢他讲话的语气。

“我们遇到竞争了，”他伤感地说，“英国人已经造出了一架真正的飞行器。海峡彼岸传来消息，称他们近几日就要试飞了。没几天了啊！”

我惊恐地看向报纸。他说得对，这确实是可怕的消息，虽然在我眼里，纸上不过是一堆油墨文字，直到皮埃尔指向其中一段粗体大字。“我们唯一的希望在此。”

“什么啊？”

“这段文字是说，当前的飞行器模型不断漏气。目前，飞行器在空中待不了几分钟，就落下来了。但重点是他们正在努力改进。而我们却止步不前。”

我心一沉，然后又重新一跃，因为我记起了艾蒂安先生那天在楼梯上的表情。“你叔叔跟你们讲过晾洗的内衣那件事了吗？”

皮埃尔一脸茫然：“晾洗的内衣？”

好吧，看来他没有。我很不爽。难道艾蒂安先生不该好好研究一下我们上个礼拜的发现吗？看它能将我们带向何方？

于是，我把事情的前前后后都告诉了皮埃尔。我讲完了，他仍一脸茫然。“你在研究我妈妈的内衣？”

“她内衣可多了。”我说。

“那是因为她几乎下不了床，穿不了其他衣服。”

我猜也是，因为每到饭点，都有人送餐到她的房间。不过，大家也没讲过她到底怎么了。

“她快死了吗？”我问。

“闭嘴，小喜鹊！”皮埃尔叫道，“你一定要说得这么直接吗？”

“对不起。”我尴尬地红了脸。

好一会儿，他一言不发，烦躁不安地摆弄着一根草。“她总是流产，问题就出在这儿，所以我没有兄弟姐妹。”

“对不起。”我又说了一遍对不起，因为这实在是一件可怕又悲哀的事。难怪那天皮埃尔从绳子上摔下来，约瑟夫老爷那么受打击。这一定是他这辈子受过的最大的惊吓了。

“无论如何，”皮埃尔口气一转，“再和我讲讲内衣的事儿吧——这次仔细讲，讲慢点。”

我正准备开口，一阵马蹄声响起，分散了我们的注意力。马路上由远及近扬起了一团团灰尘，还有腿——准确说来，是四条腿。来者是一个骑马的人。我俩都急切地想知道这人是谁，于是一起跑到了果园门口。

马跑进院子，把鸡吓得四处逃窜。骑马的人从马背上跳下来，把马牵到饮水槽。

他们似乎走了很远的路——马大汗淋漓，埋头喝水。男人满身尘土。

“请把这封信交给你的主人，”他说着，递上一封出奇干净、洁白的信，“凡尔赛宫来信。国王陛下听说了蒙哥尔费的飞行试验。他想知道更多详情。请回信告知。”

我怀疑地打量他。这个人脏兮兮的，怎么可能是国王陛下的人呢？我们就这么把信息拱手给他吗？他想得美。谁知道他是不是英国派来的间谍？

“国王陛下？”我抄起手问。我现在也学精明了。“哪个国王陛下，法国的路易十六吗？”

送信人嫌恶地看了我一眼。“能不能找个有脑子的人和我说话？”

“把信给我，我来送。”皮埃尔插嘴道。

“不行！”我低声说，“我们都还不知道他是谁。”

“看在所有圣灵的分儿上，”那人挥动着手中的信，大叫道，“我是赫尔吉斯子爵，国王的副手。”

“你以为我们会相信——”

皮埃尔打断了我的话：“收到凡尔赛宫的来信，是我们莫大的荣幸，谢谢。”说着，他从那人手中接过信。这时，我才看见封蜡上的皇家印章——和真的钱币，以及粗制滥造的假币上的，一模一样。

我感到脸上一阵燥热。这人还真是国王的信使。我顿时对他产生了浓烈的兴趣，目不转睛地盯着他看，还好皮埃尔拉了拉我的胳膊，否则我还会一直盯着他看下去。

“我们马上就给爸爸送信，”皮埃尔说，“他正没日没夜地工作，连饭都顾不上吃！”

这可不是实话。我们俩都心知肚明。约瑟夫老爷每日在房间里踱来踱去，满脸愁容。艾蒂安先生虽有一腔热情，却是纸上谈兵。一切停滞不前，毫无进展。

我们把赫尔吉斯子爵和他的马留在门外，匆匆进屋。来到厨房，四周安全后，皮埃尔停下来，摩挲着信件，焦急万分。“小喜鹊，这封信，我不能给爸爸。”

现在，轮到我摸不着头脑了。一封来自国王陛下的亲笔信，不算坏事吧？我看了皮埃尔一眼，就知道事情并非如此了。

“你也听说了今天的新闻，”他痛苦地说，“再过几天，英国人就赢了。他们的名字将被写进史书。你可以想见，那对法国将是多么巨大的打击。”

我承认，这听起来很糟糕。

“很明显，这就是国王介入的原因。”皮埃尔说，他的语气越发沮丧，“他在向我们施压呢。”

“不过，这说不定是一件好事呢？”我斗胆说。

皮埃尔摇摇头。“爸爸肯定要吓坏了。这件事不可能有第二种结果。他肯定会吓得缩成一团，然后我们就更不可能有进展了。”

我也不希望出现这种情况。

“那么艾蒂安先生呢？”我问，“他就不能做点什么吗？顺着热气体的思路？他手上还有我绘的草图可以参照。”

皮埃尔翻翻眼睛。“艾蒂安叔叔只是一个商人，小喜鹊。他知道每样商品的价格，知道该和谁说什么话，知道该如何推销一个点子，但他对科学几乎一无所知。或许这就是他没有和我们提起内衣一事的原因。他肯定也一知半解的，不知道该怎么解释。”

“哦！”我大吃一惊，并暗自窃喜。谁说只有我这样的女孩子无知。但知道这件事，对我们也没什么帮助。可怜的皮埃尔绝望得快要哭出来了。

“如果我们辜负了国王陛下，如果我们没能给法兰西争光，那么……”他讲不下去了。

“那么，会怎样？”

“那些惹得国王不悦的人，会被扔进监狱。据传闻，有一种新型刑具，咔嚓一下，人头就落地了。”

这话虽然在我听来十分荒诞，但我可以看出皮埃尔有多么不安。

“这样吧。你来写，我来想怎么回答。”我挽起袖子说。

他一脸惊恐。“你的意思是，由我们来回信吗？那可是伪造罪。”

我狠狠瞪了他一眼。

“但是小喜鹊，我们不能——”

我打断他："那位子爵大人还在外边等着呢。"

于是，皮埃尔深吸一口气，打开封蜡。展开信纸，一股皮革和汗水味扑面而来。纸上，国王的字迹龙飞凤舞，我看呆了。信很简短，我坚持让皮埃尔念出来。

孟格菲先生，

我得到消息，海峡彼岸的英国友邻，不日即将在航空领域取得一项突破性进展。我想，您应该和我一样，认为这对法国不是好消息吧。现在，我们只能寄希望于英国人解决不了漏气的问题。我相信，您会和我一起，祈祷这样的结果。

同时，我听闻，您也在进行自己的发明创造。为了我国的利益，您应尽快完成发明，并准备好在凡尔赛宫进行试飞。

前半段消息，我们已从新闻中获知。后半段，则让我俩都慌了神。

"凡尔赛宫？"我倒吸一口气，"天啊！"

皮埃尔脸色煞白，我真担心他会昏过去。

"没事，"我沉着地说，希望可以安抚他，"咱们开始吧。"

皮埃尔找遍厨房的抽屉，也找不到钢笔和墨水。

"就用铅笔吧。"我从韦尔特太太的罐子里抽出来一支给他，“简短几句话就行——记住，你爸爸太忙了，没时间写很长的信。”

“好了，点子小姐，我们该怎么写？”

我思考片刻。“亲爱的国王……不……陛下更好……我们已经解决了漏气问题。您将在第一时间得知我们……”我顿了一下，“很快，更文雅的说法是啥？”

“指日可待。”

“……我们指日可待的成功。数日之内，必有消息。”

写完之后，皮埃尔整整齐齐地叠好信纸，交给等在门外的子爵。

“现在，我们该怎么办？”看着赫尔吉斯子爵纵马而去的背影，皮埃尔问。

“我们刚刚撒下的弥天大谎吗？”我信心满满地回答说，“大不了咱们自己动手，让它变成现实呗。”

8

然而，我们还没来得及自己动手，约瑟夫老爷出人意料地宣布：他正在打造一架全新的模型。

“他下定决心，要找出一个办法，使飞行器充满热空气。”我正在厨房后院准备午餐的沙拉时，皮埃尔告诉了我这个消息，“他最感兴趣的，是如何加热气体。”

“奇怪，他是从哪里得到的灵感呢？”我为这迟来的进展感到无比开心。

几天后的一个下午，约瑟夫老爷在户外举行试飞。全体家佣都聚集在院子里，大家都不想错过这个百年难遇的奇观。新模型是长方形的，一个纸糊的木制框架。约瑟夫老爷宣布，他的计划，是点火造烟。烟，是热气体，应该能够使模型升空。

应该。

我以为会看到一堆篝火。然而，约瑟夫老爷用绳子拴在纸糊模型下的，不过是一只车轮大小的浅底金属托盘。艾蒂安先生从厨房取出烧得通红的煤炭，放入托盘。整个模型看上去很笨重，摇摇欲坠的。可神奇的是，蒙哥尔费数到三，一起松手时，模型竟然升起来了。

直到韦尔特太太说："怎么有一股焦煳味？"

"我的天！"约瑟夫老爷大叫，"着火了！"

所有的纸，所有的木头，瞬间着火，化为乌有。

一阵忙乱与不悦过后，一切又回归原点：蒙哥尔费灵感枯竭，而国王还在等着消息，所以只好由我和皮埃尔来动手。

"我们需要木头和绳子。"我告诉皮埃尔。那天下午，我们就开始筹划了。"还有尽可能多的纸张。"

于是，皮埃尔去了他家的造纸厂，那里的纸张堆积如山，取之不尽，用之不竭。我们打算重造最原初的模型——那天差点酿成事故的那种飞行器。只不过，我们的模型，要比之前那个小得多。这样更方便组装，也更方便藏匿。我们还会尽力解决热气问题。皮埃尔再也不肯让自己的身体离开地面了，所以只好由我来测量果园里每棵树木的高度。我想寻找一棵高度适中，又方便攀爬的树。

"可可，你觉得呢？"我停在一棵橄榄树下，问，"这棵树行吗？"

可可的回答，是慢悠悠地走到兰斯洛特身边。兰斯洛特正在一棵樱桃树下乘凉。这棵树大小合适，底部有许多矮枝，正是我们进行飞行试验的不二之选；我也愿意相信，是小动物们帮我们做出了选择。

不久，皮埃尔就带着我们需要的东西回来了。屋里的人都在午休，窗帘紧闭，屋内静悄悄的。我们大概有一小时的自由时间，可以随意支配。

我们来到樱桃树下，和可可、兰斯洛特一起开始工作。一开始并不顺利。纸张一不小心就破了。木头也很难弯曲。最后完成的模型，状似一只被人踩扁的鞋盒子。

皮埃尔一屁股坐下，皱着眉头道："就这玩意儿，根本飞不起来啊。"

"样子不完美，没关系的。"为了让他振作起来，我说。

"但我们已经答应国王，"皮埃尔呻吟道，"我们说过我们会有——"

"指日可待的成功，"我打断道，"是的——只要我们继续尝试，我们会成功的。"

这样的时刻，他简直就是约瑟夫老爷的翻版，深陷在担忧恐惧中，无法自拔。我注意到，伏尔泰已经不耐烦了。它一摇一摆地离开，不再关注我们的一举一动。其他两只小动物，也已经睡着了。

"好了，"我站起来，拍拍裙子上的灰尘，"把纸递给我——那张又厚又大的纸。快点，别死气沉沉的！"

于是，我们又一起，开始了新一轮尝试。

这一次，我们做出了一个蛋形结构。我在约瑟夫老爷的笔记本前几页看见过这个形状。所以，它一定值得一试。当然，蛋形结构也更容易制作，看上去也更为牢固。

“我们用热水试试吧。”我说。

“这个结构能承受热水的重量吗？”皮埃尔问。

“试试才知道。”我扭头大喊。我已经走在去厨房的路上了，准备去取一些接下来可能用到的东西。我想找一个带手柄的餐盘，装肉的盘子就是不二之选。炉子上，热水壶正好在烧热水，于是我把它也顺走了。

回到果园，我们把绳子系在木制框架上，然后我爬上樱桃树。胳膊下夹着笨重的蛋形模型爬树，真心不容易。我的小腿被树枝划伤了。不过，我太兴奋了，根本顾不上伤口。我爬到一半的时候，皮埃尔给我递上盛满热水的餐盘。我用绳子拴住餐盘的手柄，于是餐盘便吊在了蛋形结构的下方。伏尔泰这会儿又回来了。它似乎赶在这个点出现，不以为然地看着我们的最新进展。

我们知道，纸可以飘在空中。纸又轻，又坚韧，可它无法长时间悬浮停留于空中。热气能够使物体上升——孟格菲夫人的内衣就是证明。把纸和热气两者结合在一起，应该就是答案了吧。

“准备计数，皮埃尔，”我深吸一口气，“五……四……三……二……”

我把模型向空中抛去。餐盘摇晃得厉害。热水溅了出来，溅在树枝上，溅在我身上。不过，整个模型，奇迹般地从树上飘了起来，飘向越来越高的天空。然后，它又落了下来。我大声呻吟。又失败了。

“小心！”眼看模型向皮埃尔砸去，我大叫道。

他却笑着说：“不，要小心的是你，小喜鹊！看，它向你飞来了！”

在我眼前，那蛋形模型又开始升空了。这一次，它不再受风向影响。它似乎有了自己的前进路线。它飞过了我，飞过了树梢。不一会儿，它就飞上了距离我们二十英尺左右的高空。

我随之飘飘然。至少，我的心，如一只云雀般，随之飞上了高空。我知道从空中俯瞰屋顶、树木、河流的感觉，动物们变得那么渺小，小如玩偶。我知道那种奇特的心中一颤的感觉，知道那种奇妙的一呼一吸间的静谧。我的脚尖感到一阵刺痛。

“该死，快看！”皮埃尔喘着气说。

“别说话！”我叫道，“继续数数！”

不过，突然间，情况好像不对劲儿了。我们的蛋形结构发生了倾斜。原本饱满的纸质模型凹陷坍塌了。

“不！”我急切地盼望它能够一直飞下去，“不要停啊！”

但纸上出现了一片迅速扩大的黑色斑点。我意识到，是蒸汽打湿了纸张。我们的模型不再坚固如初了。一根绳子断了，餐盘摇摇欲坠。整个模型不断下跌，从树枝间坠落，砸向院墙。我赶紧从树上爬下，双脚刚着地，就听见它砸中鹅卵石发出的碎裂声。

“我数过了，总共飞了两分十二秒。”皮埃尔欢呼道。

“这是个不错的开始。”我承认。我们摸对了方向，但我还是觉得，时间太短了，不足以打动国王。

不过，皮埃尔已经高兴得合不拢嘴了。“它飞起来了，伏尔泰！”皮埃尔说着，一把抱起鸭子，将它举上肩膀，似乎它才是大英雄，“我们的试验成功喽！”

果园里，破碎的瓷器和纸片散落一地。皮埃尔用脚去踢。

“别管了。我会清理的。”我告诉他，让他赶紧进屋。我不想让他看见我失落的表情。下一次，我们必须做得更好。可问题就在这里，时间紧迫，我们没有多少个“下一次”了。

我们的试验确实比约瑟夫老爷的成功多了，我一边扫地，一边告诉自己。看来蒸汽发挥了作用。

“小喜鹊！！！”

我顿时僵住。身后传来韦尔特太太的尖叫。她正向我走来，脚步很急很快。我预感自己闯祸了。我已经做好了迎接一个大耳光的准备。所以，当她把两个空桶塞进我手里时，我反而惊呆了。

“水！”她叫道，“快！快去烧热水，越多越好！”

我点点头，接过水桶。我没问为什么。她扭头就走，赶忙回屋。我只希望她没有看见那些碎成一地的蓝白瓷盘。天啊，好险，她差点一脚踩了上去。

回到厨房，我看见奥黛特正往火炉里添柴。火炉已经烧得很旺了：散发的热气让我浑身冒汗。

“我们得赶紧烧水，楼上孟格菲夫人需要热水。”奥黛特擦着眉毛上的汗珠说，“水烧热了，你就赶紧送上去，好吗？越快越好！”

我突然无比恐惧地意识到，我们在烧的，可不是洗澡水。

“她还好吗？”我问。

奥黛特眼中盈满了泪水。“我们已经叫医生来了，他正在楼上陪着她。”

炉火虽旺，水烧开的速度还是太慢。我一边等一边跺脚。我反复回想皮埃尔说过的关于他妈妈的话。他妈妈怀不上孩子，真可惜。可怜的皮埃尔。他肯定会是一个特别棒的大哥哥。这又让我想到我自己当姐姐的样子。倒不是说这有可能发生，但想想也无妨。

在楼梯上，我遇见了奥黛特。她从我手上接过水桶，又塞给我一堆血淋淋的床单。

“那么害怕干吗，”她笑着说，“医生刚刚告诉我们，孩子会平安无事的。”

我高兴极了，顿时热泪盈眶。

这时，韦尔特太太出现了，向大家宣布约瑟夫老爷要在明天办庆祝宴的消息。

“让我也来帮忙，好吗？我很想尽一份力。”我说。

“你是个好姑娘，小喜鹊。”韦尔特太太拍拍我的肩膀，转向奥黛特，“你待会儿送水进去的时候，给库托先生带句话好吗？我们明天一早就需要他过来帮忙。”

奥黛特皱皱眉。“屠夫库托吗？杀鸡的话，我来就好。我拧鸡脖子和他一样在行。”

“不是杀鸡。”韦尔特太太宣布，“我们明天要宰一只羊。”

我过了一会儿才反应过来。我们只有一只羊。

“你们不能吃兰斯洛特！”我大叫道。

“兰斯洛特？”奥黛特竖起眉毛，“谁啊？”

我快气疯了。“它是世界上最漂亮的小羊羔！而且，它还很善良，很温柔，会轻轻咬你的脚指头！可可最喜欢它了！求你们了，你们不能把它吃掉！”

奥黛特扑哧一笑。韦尔特太太抄起手，说：“这是什么傻话？”

“她还给那只羊起了名字，叫兰斯洛特呢！”奥黛特哄笑起来。

她们看着我，好像我疯了，比英格兰的疯王还要疯。

9

从那时起，我便沉浸在悲伤中。我知道这很傻，因为我自己也很喜欢吃羊肉。而且，孟格菲家喜添新丁，是一件值得庆贺的大好事。然而，第二天早上，看见兰斯洛特在果园里一如往常，似乎根本不知道自己将要面临什么，我又加倍心痛起来。如往日一样，它蹦蹦跳跳地来到我身边，嗅闻我的口袋，检查里面有没有吃的。然后，它又用头顶顶斜挎包里熟睡的可可。它一直顶啊顶，直到可可探出头来。

“你们俩好好道别吧。”我挠着它最喜欢让我挠的耳后部位，对它说。

它伸长脖子，那么温柔地抵着可可的脑袋。天啊，我实在不忍心看下去了。或许，它们已经知道将要发生什么。

我想，最好还是继续动手吧。我帮兰斯洛特梳顺毛发，检查它的脚趾和牙齿，然后遵照韦尔特太太的指示，给它称了体重。它只有二十八磅——韦尔特太太希望至少有三十磅——不过，它体形匀称健美，肋腹饱满紧实。直到此刻，我还是忍不住要赞叹它的温驯，像一条忠诚的宠物狗一般的温驯。正因如此，这一切才这么的煎熬。

我正往它头上套绳子时，前门铿然作响，有人来了。通常，从果园里很难听见前门的动静。但我今天格外警觉，因为库托先生随时会到。我吓坏了，赶紧跑到果园门口去查看。这时，一匹马和一个人在后门处停了下来。来人不是库托先生，因为屠夫不可能是骑着汗血宝马，穿得像赫尔吉斯子爵那样的大人物。

接着传来一声大喊："国王紧急来信！"我一听，更慌了。我扔下兰斯洛特，冲向后院。

"我来传达！"我这次拼了命，也要说服他，我是一个有脑子的人。不过，谢天谢地，他好像不记得我了。

但我还没来得及从赫尔吉斯子爵手中接过信，后门突然开了。皮埃尔、他的父亲和叔叔一起跌跌撞撞地走进清晨的阳光中。他们看上去好像一夜未眠，一直在喝酒庆祝。

情急之下，我只好使劲给皮埃尔使眼色。我们不能让他的父亲和叔叔看到那封信。如果他们看见了，我们之前做的事就败露了。我们还没准备好承担后果呢。

太迟了。

艾蒂安先生已经接过信，打开封蜡，展开信纸，挺直身子，读起来。约瑟夫老爷站在他身旁，虚弱地微笑着。

"国王陛下的来信？真是意料之外的荣幸。"他难以置信地说。

皮埃尔终于明白过来到底发生了什么。他脸立马沉了下来，向我递来眼色。我只能无奈地耸耸肩。我们要露馅了。

艾蒂安先生清清嗓子，念道："孟格菲先生，自我们上次通信之后，凡尔赛宫发生了一些变故……"艾蒂安先生停了下来，十分不解。"上次通信？哥，你什么时候偷偷给国王写信，怎么没告诉我？"

我眼睛死死盯住地板，不敢抬头。

"我为什么要给国王写信？"约瑟夫老爷回答，"天哪！我一直想取消我们的计划来着，又怎么可能去吸引注意呢！"

"……你们研制的飞行器，成功指日可待，即将超越英国，这一消息，大快人心。"艾蒂安先生继续念道。在一片沉默中，我偷偷看了一眼约瑟夫老爷的脸色。他像脑袋被人拿平底锅拍了似的，脸色惨白。艾蒂安先生举起信，左看右看，眉头紧锁。最终，是皮埃尔打破了沉默。

"信是我们写的。"他怯生生地说，"我和小喜鹊一起写的。前几日，国王来了一封信，询问我们的进展。我们只好回了信。"

我哆嗦了一下。

"你们干了什么？"约瑟夫老爷惊叹道，"为什么？怎么回事？"

"是我的主意，"我不想皮埃尔挨骂，于是站出来说，"我们告诉国王，我们的发明取得了进展。我们还做了一次试验，瞧，用热水，就可以延长飞行时间了。”

“进展？”约瑟夫老爷差点笑出声来。然后，他想起赫尔吉斯子爵还一脸惊疑地站在门外，于是招呼奥黛特，请他进屋用茶。我不敢去想，子爵会怎么看待我们，他会怎么向国王汇报。

他走远后，约瑟夫老爷爆发了：“太荒唐了！模型还没准备好！你们怎敢在国王面前乱说话！”

“但我们以为……”我犹豫道。我们在想什么？就凭我们的试验，一张破纸和一个菜盘子，就可以拯救大局吗？

绝望如海浪般袭来。偷走这些好人的图纸，已经大错特错了。这一次呢——对国王撒谎——好吧，这次真的是罪无可恕了。我们真的把事情搞大了。

“信还没念完。”艾蒂安先生说。我实在不想听下去了。皮埃尔发出一声呻吟，他也听不下去了。“我们不仅指望你让全国人民感到骄傲，还得靠你让心碎的王后振作起来。她痛失爱宠，心情抑郁。她现在唯一感兴趣的就是你的飞行器。我相信，你的飞行器，是治愈她心病的唯一良药。因此，我已向她承诺，一周以后，在我们的宫殿，举办一场试飞……”

一周以后？

情况越发地不妙了。

“绝无可能！”约瑟夫老爷大叫，“一周时间，我们连巴黎都赶不到——这还是在我们有飞行器模型可以试飞的情况下。”

“可我们还没有。”皮埃尔嘀咕道。

我们把事情搞成了一团糟，现在已经深陷泥潭，无法脱身了。我不禁又想起了监狱和砍头机器。我突然感到很不舒服。

“我们可以请求宽限一些时间，”艾蒂安先生提议道，“再争取几周时间？”

奇怪的是，他似乎根本没有因为这个消息而惊慌失措。事实上，他看上去……好吧……还有几分兴奋。我怀疑他是不是酒喝多了，还未清醒过来。

“难道你们不明白吗？国王的重视，正是我们的良机！”艾蒂安先生脸上洋溢着喜悦，“想想凡尔赛宫门口会聚集多少人！多少贵宾！多少新闻记者！很快消息就会传遍全世界！”

对于这突如其来的态度转变，我不知该做何反应。

约瑟夫老爷则不敢苟同：“飞行器还不安全——”

“那我们就让它变得安全！”艾蒂安先生回答说，“再说了，不会再发生类似的事故了，因为并没有人强迫咱们把人送上天啊。英国人也没有做到这一点。我们只需让模型飞起来，就行啦！”

“你疯了吗？我们怎么可能在一周内造出模型？”约瑟夫老爷喊道。

“我们也会帮忙的，”我说，“对吧，皮埃尔？”

皮埃尔热切地点点头，但约瑟夫老爷根本看都没看我们。

“你想想看啊，约瑟夫，我们将成为历史上发明飞行器的第一人——我们，而不是英国人。而且，”艾蒂安先生夸张地挥动起一根手指，说，“想想你那还没出生的孩子。如果他爸爸是国民英雄，他的未来将不可限量。”

他？我想，万一是个女孩呢？她的未来又将如何？不论如何，艾蒂安先生的一番话似乎打动了约瑟夫老爷。

“好吧，但我们得慢慢来。”约瑟夫老爷喃喃道，“我们得请求加时。我们不能被玛丽·安托瓦内特的一时之兴打乱节奏。”

“为一只宠物难过，不算罪过。”我指出。

皮埃尔也表示赞同：“万一伏尔泰有个三长两短，我也会心碎的。”

我们一起商量该怎么给国王回信。大家你一言我一语，好不热闹。每个人都激动不已。

然后，我看见一个人，正沿着马路向我们走来。他胸前佩带的刀，在阳光中闪闪发光：这一定就是屠夫库托先生了。我脸上的笑容顿时凝固了。

“小喜鹊？你还好吗？”皮埃尔问。

伏尔泰正依偎在他的臂弯里：这突然给了我启发，让我有了一个疯狂的主意。

“给王后送上一只动物，取代她过世的爱宠。这样，她在等待期间，会心情舒畅许多。”

善解人意的皮埃尔明白了我的意思：“爸爸，这样会给我们争取到更多时间。”

约瑟夫老爷疲惫地揉揉脸。“好呀，小喜鹊，那你建议送一只什么动物？”

我眼神尽力避开艾蒂安先生和已经来到我们身边的屠夫。

“把小羊兰斯洛特送给她，”我回答道，“我们非要吃羊肉的话，可以去买现成的羊排回来烧。”

约瑟夫老爷细细斟酌我的话，那么缓慢，那么费力，我快承受不住了。

“我们必须把它送走，爸爸！”皮埃尔赞同道，“它是一只标致的小羊——正好配得上王后的完美农宫。”

约瑟夫老爷耸耸肩膀，看向艾蒂安先生。而艾蒂安先生竟然点头答应了。

“这种谈生意的方式，确实非同一般，”他承认，“但眼下，这大概是我们最好的筹码了。”

我松了一大口气。我和皮埃尔看向彼此，脸上都绽出了笑容——大大的傻傻的开怀的笑容。

不过，说服赫尔吉斯子爵，又是一个难题：“你们到底要我怎样把这只羊千里迢迢地运回巴黎？”

就在他拒绝之前，我们已经备好一辆运货马车和一只木箱。屠夫库托先生已被打发走，他的屠刀和来时一样闪亮，未沾上血污。我轻吻兰斯洛特的鼻子，可可也匆匆吻了一下它的耳朵。伏尔泰离它俩远远的。我想它肯定不赞同我们的计划。

我一时哽咽，对兰斯洛特说："你一定要乖乖的，漂漂亮亮的，赢得王后的芳心，让她高兴起来哦。"

兰斯洛特扬起脸，凝视远方的车道。我看出来了，它对自己的未来一点也不担心。事实上，我不敢相信，我之前竟然没有注意到它脸高高扬起的样子，有一种天生的皇室贵族气质。

"你把我们的羊送给了法国王后？"我告诉韦尔特太太时，她还以为我在讲笑话。她和奥黛特竟笑出泪来，两个人不停地拿围裙擦拭眼角。当她意识到我很认真，并非说笑时，她又立马分派我去菜场买羊排了。

"你是不是准备给羊排也取一个名字啊？"奥黛特说完，她俩又止不住地狂笑了一阵。

你知道吗，她们再怎么笑，我也不介意。因为，这一次，我也觉得这一切很好笑。

10

给国王的信，改变了一切。仿佛有一双巨手攫住了孟格菲一家，并狠狠摇醒了他们。庆祝宴推迟了，相反，接下来几周内，他们一家上下都在以旋风般的速度记笔记、设计模型，并从楼梯上往下扔各式各样的纸制品，希望至少有一种，可以长时间地浮于空中。

现在，我们一致认同了热气能够比冷气更好地托举起物体。而且热气必须是干燥的，但这样一来，又有着火的隐患。我们需要找到一个办法，让热气充盈在模型内部。这个模型，艾蒂安先生命名为“气球”。

每天，我做家务时，皮埃尔总会跑过来找我，告诉我最新进展。

“它的外形更像水滴，只不过是倒过来的。”一天下午，皮埃尔跟我解释道。他用脚趾在泥地上画出模型的形状。“但是他们卡在了该用什么材料制作模型上——纸还是棉布。”

我想起了那一堆晾洗的衣物，那一堆内衣。丝绸内衣比棉布内衣飘得更高，甚至连纸都没有丝绸飘得高。

我看向皮埃尔，说：“丝绸。”

“什么？”

“你们需要用比纸更坚韧的材质制作模型，但这种材料还得比棉布轻盈——所以，丝绸。材料的重量是关键。”我补充道，怕他听不懂。

皮埃尔一脸不可思议地看着我。“小喜鹊，你怎么懂这么多啊？”

“我比较善于观察而已。”

其实，是街头生活练就了我。为了生存，你不得不眼观六路、耳听八方，注意观察别人忽略的事物。这时，德拉克洛瓦夫人突然闪现在我脑海里。她是我此刻最不愿想起的人。一想起她，我便汗毛倒竖，周身阴冷，仿佛黑夜已经降临。

“听着，”我扫视了一下前门、篱笆和果园，小声问，“你爸爸和叔叔一直有小心行事，对吧？仔细看管图纸和计划？他们没告诉过别人吧？”

皮埃尔笑着说：“当然，他们一直很小心！”

“但愿如此，因为天下没有不透风的墙。秘密总是不胫而走。”

他看我没在说笑，于是问：“小喜鹊，你想对我说什么？”他直视我的眼睛，似乎知道有不好的事情发生了。就在那一刻，我在想是否应该把德拉克洛瓦夫人的事情告诉他。但我最终还是没能说出口。当然，我不能说。说了，就等于承认了一切。

“我们应该反其道而行之，”我脱口而出，“如果我们无法保密，那就干脆让所有人都知道。如果一切都是透明公开的，那么就不存在秘密了，那帮英国佬也没东西可偷了。”

那周晚些时候，在准备热气球的间歇，孟格菲一家终于举办了庆祝宴。那是一个炎热的夏日，我们在果园里摆上了好几桌丰盛的美食：蛋挞、冷餐肉、糕点、香草煎蛋卷、菜园沙拉、蜜桃、开心果蛋糕和一大盘烤羊排。

韦尔特太太、奥黛特和我也受邀参加庆祝宴。我们被安排坐在桌子最末端。

“快把你那该死的装鸡的挎包放一边去，就一次，不行吗？”奥黛特低声对我说。我不情愿地听从了她的话。

果园里，没了兰斯洛特的身影，虽然有点奇怪，也有点不适，但我并不感到伤心。当约瑟夫老爷正喜气洋洋地拿着一杯气泡酒，向他的妻子和刚出生的孩子祝酒时，我有什么理由感到悲伤呢。

“这杯酒，敬我的玛丽亚。”他说着，转过身子，面向房子，看向楼上的一处窗户。那扇窗户，俯瞰着河流和整座小镇。一个女人正坐在窗口。

“就是她！”奥黛特小声对我说，“孟格菲夫人。”我伸长脖子想看得更清楚。

她穿着一件白色宽松睡袍，乌黑的鬈发很漂亮。她抬起手，向我们挥手致意。我喜欢她：她和皮埃尔长得一模一样。

祝酒结束后，我站起来，以为要收拾桌子了。但奥黛特把我拽回座位上。这时，艾蒂安先生一甩衣摆，站了起来。

“朋友们，”他动情地说，“在这个大吉的日子里，我还有一个好消息要分享给大家。”

我看了一眼皮埃尔：他也一脸茫然。

“我们本可以在果园里举办第一场真正意义上的试飞。我们本可以先造一架迷你模型。但是，我们决定了，要造就造大的。我们已经在全力赶制一架全尺寸的飞行器模型。这就意味着，我们需要更大的场地进行试飞。”

他停顿片刻，像站在鱼箱上的街头诗人那般，时不时停下来，陶醉于自己的声音。

“今天，我和镇长大人谈过。他已同意我们在阿诺内露天市场上举办飞行器模型的首次试飞！”

在场的客人们发出一阵惊叹。众人欢声雷动。大家又纷纷填满酒杯，干杯祝贺：“敬露天市场！”

这时，我的肚子突然不舒服起来。可能是吃羊排的原因，也可能是因为事情突然间变化太大、太快。阿诺内露天市场可不是胆小鬼去的地方。那里很大，很热闹，连最冷清的日子，也人头攒动、熙熙攘攘。

皮埃尔又给自己切了一块蛋糕，然后走过来，坐到我身边。

“他们决定用纸和棉布制造模型，”他说，“艾蒂安叔叔说丝绸太昂贵，用来试飞，不合算。”

“哦。”我点点头，虽然我不懂这两种材料如何能够拼在一起使用。反正，纸和棉布单独使用，效果并不好。

看我一脸怀疑，皮埃尔用肘推推我。“我还把你说的关于保密的事儿，告诉了艾蒂安叔叔。所以，他们才决定公开举办一次试飞。”

我挤出一丝微笑。我明白，我应该感到高兴。我也确实为此高兴。但问题是，这件事让我想起了其他秘密，一些我豁出性命也要守住的秘密。

*

宴会结束，我们离开桌子时，天色已暗。我正在果园里收拾最后的残羹剩菜，这时，树后跳出一个人，吓得我魂飞魄散。

“干得漂亮啊，小喜鹊！”德拉克洛瓦夫人说，她拍了拍戴手套的双手，发出一声闷响，“多棒的庆祝宴啊。确实，过去几周，你们取得了不少成绩！这一切，我都看见了。”

我缓缓挪动脚步，想尽量远离她，至少和她隔开一张桌子。

“你来这里干什么？”我声音嘶哑地说。我害怕极了，怕有人看见我们。

她的目光转向身后的房子。她并没有再向房子靠近半步。我想，她可能也在紧张害怕。

“关于你答应帮我取的那只箱子。”她说。

她一定知道，我还没有动手，因为我不敢直视她的眼睛。她舔舔嘴唇，用冷若冰霜的眼神盯住我。

“这件事，我不会去做的！”我说。

“我认为你一定会的，”她说，“据我这段时间的观察，我更想得到那只箱子了。”

“我不能去！不可能——！”

她的手瞬间飞了过来。她捏住我的脸，狠狠挤着，像挤一个干瘪的柠檬。一阵剧痛传遍我的脑壳。“别挑战我的耐心，小喜鹊。我已经给你宽限了时间，现在时间已到。你要么乖乖听话，要么等着我把我们之间小小的约定，告诉你亲爱的孟格菲一家。”

“他们不会相信你的。”我挣扎着说。

“他们当然会的，”她冷笑道，“谁会相信你啊，一个黑皮肤的小偷？”

我恐慌地啜泣起来。

“我会一直盯着你的，小喜鹊。记住我的话。”她放开我，并狠狠推了我一把。

接着，她又恢复了优雅得体的姿态，还非常礼貌地和我道了晚安。

这是最糟糕的感觉，仿佛我和她才是拍档，而我和其他人——皮埃尔，韦尔特太太，甚至奥黛特，都只是逢场作戏。可在我心里，却并非如此。于是，我开始看明白了，太过关心这座房子里的人，也会给他们带来一定的危险。

11

那一夜，我彻夜未眠。第二天，整个一上午我都无精打采、怏怏不乐的。虽然我一头扎进工作里，但还是止不住去想那只该死的红色箱子，想德拉克洛瓦夫人为何不肯放手，别再来烦我。当然，我心里明白，这是不可能的。我们眼看就要超过英国人了，在这个节骨眼上，她只会愈加不择手段、不顾一切。想到这里，我心情更加沉重了。

造纸厂送来了一大卷一大卷纸。临近中午的时候，布匹也被送来了。我正需要这种事情，让我分散一下注意力。一匹匹粗麻棉布，五彩缤纷的，有金色、天蓝色和最鲜艳的红色。看着这些彩布，我喜不自禁地笑了。

然而，这些布很难处理：我们四人合力才能举起一匹布，更别提还要裁剪和缝纫。我们需要帮手，很多很多帮手。这时，艾蒂安先生的公关才能派上了用场。他戴上最好的假发，穿上最帅气的大衣，动身前往阿诺内，寻找外援。不到一个钟头，他就回来了，并带回了一份长长的名单。那名单的长度，和门前的河流有的一拼。

“这些人都答应下午两点前来帮忙。”他说。

与此同时，我被派去蒙塔古大街上的服饰用品店，采购针线。我要把店里的针线统统买回来。可可今天和我一样心情烦躁低落，所以我想，还是不带上它了。把它偶尔留下来一次，也不会怎样。

“你帮我盯着它，好吗？”我对皮埃尔说，“它心情不好的话，就把它塞进它的挎包里。”

皮埃尔扮鬼脸道：“我才不会背那个脏兮兮臭烘烘的包呢。别大惊小怪了。你只是去一趟商店，又不是去巴黎。”

我只用了半小时，就把该买的东西买回来了。然而，当我回到院子，却看见满地的羽毛：白色的，橘色的，什么样子的都有。皮埃尔正蹲在一桶水前，给伏尔泰洗脖子。

“怎么回事？”我扔下包裹，冲了过去。

皮埃尔的马裤和双手沾满了鲜血。

“它俩就在院子里，彼此保持着距离。然后……嘣！可可突然疯了似的，开始攻击伏尔泰，”皮埃尔打了一记响指，“就像这样！一定是有什么东西，吓到它了。”

我发现可可正蜷缩在篱笆下打战。它翅膀上秃了一块。不过，谢天谢地，它的伤势并没有看上去那么严重。

“你这该死的鸟，”我对它说，“你在怕什么？”当然，我猜也猜到了，一定是德拉克洛瓦夫人。她信守诺言，正暗中观察着一切。

“首先，把纸和棉布缝在一起。然后，我们再把每一片合起来，缝成一个水滴形状。”艾迪安先生对那天下午前来帮忙的人们解释道，“针脚要尽可能地绵密、平整。”

客厅里坐不下那么多人，于是他们分散开来，布满了整座房子。很快，这里看上去不像家，更像一个作坊了。大家都低着头，默默地做事，仿佛在教堂里祷告。这里的氛围也安静得像教堂——你几乎听得见穿针引线的声音。

韦尔特太太煮了豌豆汤，给大家补充能量。我的任务是把汤盛在小杯子里，端给大家。因为我需要双手端托盘，可可就被留在了厨房案桌下的箱子里。韦尔特太太说，今天就算她没看见。我很感激她，因为自从发生了伏尔泰那件事，我觉得果园还是没有厨房安全。

我正在客厅分汤时，一个女人举起针线，让我看。

“这线老断。”她说。

“我的也是。”另一个人附和道。

“我的也是，”坐在窗口的一个女人也插话道，“根本缝不住，你看。”

突然间，所有人都开始抱怨，挑这破针线的毛病。

“但我是从镇上的服饰用品店买的，”我努力解释，“货应该不假啊。”

“缝衣服，或许没问题。”第一个提出质疑的女人说，

“但飞行器，根本缝不住。”

大家都停下了手头的活儿，坐在原地，靠在墙上，抱起双手，以示抗议。我一时不知道该说些什么。即使我说了，也不见得有人会听我的。

我找到的第一个孟格菲家的人，就是约瑟夫老爷。他正在隔壁房间里，和皮埃尔一起丈量绳子的长度。我告诉他这边发生的事。

“那确实行不通。”他丢开绳子，双手深深插进兜里，陷入沉思。

“我们需要更加结实的线，爸爸。这应该好办。”皮埃尔说。

“我们从哪里搞得到啊？”他焦躁不安地问，“我们已经把服饰用品店里所有的线都买来了。”他又转向我，“店里没有其他的线了吗，小喜鹊？麻线？细绳？绸带？”

“绸带？”我忍不住皱起眉头，“没有，先生。只有扣子。”

他低头看着自己外衣上的扣子。它们是纯金的，闪闪发亮。他把扣子一个个扣起来，又一个个解开。我看向皮埃尔，皮埃尔耸耸肩：我们都搞不清楚他脑袋里在想什么。

“服饰用品店有多少扣子？”约瑟夫老爷边看着自己的外衣，边问。

“我不知道，我没数。不过有好几大盘呢。”

他的嘴角浮起一丝微笑：“好几大盘吗？”

“是的，先生，好几大盘。”

接下来的事，我已猜到了。

原来，每一货盘装有一千颗扣子。为了确保扣子够用，我从山下运了三大盘上山。来帮忙的人们一看扣子能用，一直熬到深夜，帮我们赶工。他们把一排排小扣子，缝在一片片纸和布上，然后又将每一片纸和布拼接起来，扣在一起。巨大的水滴渐渐成形了。

“我们总共用了八百二十七卷线和整整两千颗扣子。”完工后，我对皮埃尔说，“你怎么看？”

他想咧嘴笑，却忍不住打了一个哈欠：“小喜鹊，有时候我觉得你知道得太多了。”

试飞当天，又是一个晴朗无云的夏日。这是吉兆。我整个身心都在祈祷一切顺利。昨晚，我又一夜没合眼。这次，是兴奋得睡不着。当然，也是因为紧张。如果今天再不举行热气球试飞的话，我肯定要急得跳起来了。

我们全体家佣和孟格菲一家人一起吃的早餐。这使我感到，起码今天我不再仅仅是那个喂牲口的小女孩了；我也参与了一件即将创造历史的伟大事件。想想看：日落之前，“孟格菲”的名字将出现在每一张报纸上，“孟格菲夫人的内衣”将成为全法国人民热议的话题。英国人，被打败后，再也不会来窃取我们的机密。德拉克洛瓦夫人，前功尽弃，也会哪儿来的滚回哪儿去。想着这些，我激动得吃不下饭，一口也吃不下。

六点钟，我们出门，开始往货车上搬运器材。我们只顾埋头大干，都没看见门口停了一辆马车，直到一个男人大喊：“我奉国王之命，来此擒拿两位孟格菲先生。”

每个人都吃惊地停下了手中的活儿。那是一辆黑色的小型马车。一个身穿皇家制服的男人从驾驶座上跳了下来。我顿时慌了神。不过，这种情绪只持续了一小会儿。因为这回我们有了能让国王开心的消息：模型已经造好，成果就在眼前。

艾蒂安先生站出来主持局面。他昂首阔步地走向大门。

“你让我们等太久了，孟格菲。”赫尔吉斯子爵一进门便冷冷道，“你要求宽限的几个星期，已经过去了。时限已到。”

“我们送去的那只小羊呢？”我问，“王后不喜欢吗？”

他瞪了我一眼。“她当然喜欢。她被迷得神魂颠倒。”

我和皮埃尔相视一笑。

“不过，”赫尔吉斯继续对大人们说，“国王现在着急的不是王后，是英国那边了。我们又得到最新消息：英国人已经解决了漏气问题。所以，我奉旨前来，带你们入宫。如果你们的飞行器还没造好，那就到宫里，在国王的监督下，继续造吧。”

艾蒂安先生微微鞠躬道：“抱歉给您添麻烦了，子爵大人。”

“你们麻烦的可不是我，是国王陛下，”赫尔吉斯子爵气急败坏道，“他请了一大班设计师、裁缝和工人在凡尔赛宫等着你们。只要你们画出设计图，几天之内，他们就能把飞行器制造出来。”

约瑟夫老爷却一脸疑惑：“在咱们仓促行事之前——”

“仓促行事？”赫尔吉斯子爵厉声说，“你难道不知道——”

就在这时，他的目光突然落在了我们身后的货车上。我们纷纷让开，看他一脸惶惑地走向堆在车上的气球。

“他在干吗？”皮埃尔小声问。

“我也不知道啊。”我小声答。

我做梦也想不到，他竟用手指轻轻拈了拈棉布，然后目瞪口呆地看着我们的气球。

“你们做到了！”赫尔吉斯子爵惊呼，“我不敢……我做梦也……我想说的是，它能飞起来，对吧？”

“我们正准备今天，在这里，举行第一次试飞。”约瑟夫老爷承认道。

“但是用棉布和纸吗？”

“只有棉布和纸，是我们经济上负担得起，且在短时间内容易装配的材料。”

“你确定能行吗？不会太脆太容易破吗？”

“我们已经拿纸和棉布分别做过试验，”约瑟夫老爷说。他向我点点头，我顿时心头一暖。“它们各有各的优点，所以这次，我们两种一起试。不过，我承认，丝绸的效果应该是最好的。”

赫尔吉斯子爵激动得直搓手。“这真是太有趣了！我迫不及待想看它怎么飞起来了。”

我们也迫不及待啊，我想。

他突然压低声音说：“孟格菲先生们，试飞之后，请你们随我入宫吧。你们把所有东西都带上——计划，图纸，笔记——所有的一切。我们必须保证英国人无法窃取你们的成果！”

我心头的暖意？瞬间凉了，消失了。

“你们听说有间谍吗？”艾迪安先生焦虑地问。

“至少有两名。”赫尔吉斯子爵说。

我慢慢地深呼吸。我早该料到，德拉克洛瓦夫人不可能孤军作战，毕竟，她很快就招募了我，做她的帮手。

12

阿诺内露天市场上的试飞，定于上午十点举行。刚过七点，我们便出发，往镇上赶去。我们排成一列纵队，跟着满载器材的货车，徒步前行。艾蒂安先生提议，所有人的着装要与气球的颜色相配。于是，约瑟夫老爷穿了一件蓝色礼服。皮埃尔穿了一件红色夹克。夹克太厚，他已经热得冒汗了。艾蒂安先生穿的一身衣服，三色俱全——红色外套、黄色马甲、蓝色袜子。我一面觉得他穿得气派极了，一面又觉得他这身打扮，像极了一只巨大的鹦鹉。

连我也被要求换上一身新衣。其实，我更喜欢穿我的女仆制服，但大家都坚持让我穿。于是，我穿了一件蓝色礼裙，腰间还系了一个红色蝴蝶结——只不过你看不见那蝴蝶结，因为我还挎着可可的斜挎包。韦尔特太太说斜挎包大煞风景，可我不管，我不放心把可可独自留下。

一开始，新裙子让我浑身不自在，又扎又热。我不敢做太大的动作，生怕把裙子扯破。但到了镇上，我又庆幸自己穿了它。红、黄、蓝的衣服，像制服，把我们团结起来，如一支军队，或一个团队，能够成为其中一员，我万分自豪。

露天市场上，场地已经清好，只待我们到来。教堂大钟显示时间是早上七点三刻。时间虽早，但已有好几个早起的人前来围观了。这又让我紧张了一阵。很快，广场上将聚满前来观看的人。但愿我们展示给他们的东西值得一看，让他们永生难忘。

皮埃尔和艾蒂安先生立马投入了工作。他们在地上竖起四个木桩，围成一个长方形。柴火都堆在中间。奥黛特和韦尔特太太，也加入了我们。我们一起把气球从货车上搬下来，摊在石子路上，慢慢展开。我再一次惊讶于它的尺寸。这么一个庞然大物，从地面上升起，需要多少热气啊。看来我们需要烧一大堆火。

“还有木头吗？”约瑟夫老爷停下来擦着汗问。那堆柴火，在空旷的广场上，显得太过渺小。

“我们只有这么多了。”皮埃尔回答道。

他们几个点燃了火堆。柴火很干，火苗极旺：我估计这点柴火，照这个火势，最多一小时就燃尽了。我们需要更多燃料。约瑟夫老爷也看到了这一点。“火还得再旺一点。”

“还得再热一点。”我补充道，“要很热，很热才行。”

“现在才意识到这一点，已经晚了。”艾蒂安先生情绪顿时变坏了，“我们没有更多木料了，现在也没时间回去取了。”

最后半小时，人群迅速壮大。市场上集聚了五百多人。更多的人头伸出窗口，或爬上墙头，只为了看得更加清楚。

“我们真应该收费的，”艾蒂安先生说，“一个人收他几枚硬币。想想看，我们能赚多少啊。”

现场一片节日的气氛，人们嬉嬉闹闹，吵吵嚷嚷。这样的场合是扒手行窃的绝佳时机。不过今天，我扮演的是制止别人乱摸的角色，因为总有人手脚不老实，想偷摸我们的器材。

“喂！住手！离我们的东西远点！”我第无数次地大喊。

约瑟夫老爷则被木料的事情搞得焦头烂额。他走进人群，一个人一个人地问：“你家在附近有柴堆吗？”然而，得到的答复，却是不约而同的耸肩、摇头。

“我们应该事先计划好的，”皮埃尔嘟囔道，“现在还来得及取消吗？”

“那你准备告诉赫尔吉斯子爵吗？还是我来？”我朝子爵的方向点点头。这位国王的手下，此刻正站在人群最前面，观看着每一个细节。

不过，皮埃尔说得有道理；事先在果园多演练几次，也不是什么坏主意。如果无法从别处运来更多的木头，气球就永远无法升上天空。

最终，约瑟夫老爷放弃了向人打听。我们打算就用现有木料，有多少用多少，而现有木料少得可怜，几乎等同于没有。我们可怜的小火苗，挣扎着，跳动着，维持着零星的火光。一群镇民自愿上前帮我们举起气球。另一群人帮我们把绳子拴在地上的四根木桩上。

“好了，各位！准备！”约瑟夫老爷大叫道。

准备？准备什么？我沮丧地想。他们再怎么折腾，没有足够热的热气，还是白搭。我敢打赌，此刻德拉克洛瓦夫人肯定就在人群里，悄悄记录着一切，好给英国人分享一长串我们犯下的错误。

突然，一阵微风吹来，火苗蹿起。炙热的火星旋风般飘到我的裙子上，烧穿了衣料，烫得我哇哇大叫。不过，我更担心的是火星落到可可身上，把可可烧伤。

“小心！”我警告皮埃尔。他的红色夹克上落满了灰烬。我们周围的人都开始拍打衣服和头发。

“啊！着火了！”一个女人大叫。

“你的帽子！快脱下！”站在她身边的男人迅速把帽子从她头上扯下，扔到地上。

越来越多的衣物被人们扔向地面。帽子、软帽，甚至鞋子，被抛向空中。有的落在了火堆附近，有的甚至直接落进了火堆里。有些闷燃着，有些一点即着，熊熊燃烧起来。还有夹克、马甲、阳伞……

“来吧！不要停！”我大叫一声。我看到了某种可能。衣服越堆越高，火势也越来越旺。热气终于开始产生并集聚了。至少，有一件事明白无误——阿诺内人的衣服远比他们的木头好烧。

气球不再软塌塌地卧在地面上，它翻腾着，扭动着，开始上升。热气通过气球底部的洞口灌入，它开始像挂在炉子旁的那件内衣一样鼓胀、飘升。

然而，它毕竟不是女人的内衣。它越胀越大，直到比我们所有人更高更大，直到它变成了一个巨大、鲜艳的“水滴”。这是一个陌生、神奇、不太真实的场景。

现在，气球充满了热气，它开始挣扎着上升。不过，它被四根绳子固定在了木桩上。那四根绳子越绷越紧，木桩也开始松动。

我仔细观察着，等待着。在心里为它鼓劲加油。快了，快了……

但约瑟夫老爷却很严谨。他仔细检查绳子和火势，在笔记本上做记录。他对他的弟弟摇摇头。艾蒂安先生正焦急地来回踱步。

“快点，快点。”我喃喃自语。

虽然气球被固定住了，它也在反抗，在旋转，在扭动，并以越来越大的力量挣脱束缚。人群开始骚动不安。我们站得离火源太近，太热了，我的背上大汗如雨。

终于，气球看上去快要炸裂了。约瑟夫老爷举起一根手指。这是一个暗号，我差点错过。但我没有错过人们一哄而上解开绳子的场景和人群中爆发出的震天欢呼。

有那么一瞬，气球徘徊不前。然后，它起飞了。它迅速越过我们的头顶，飞过露天市场。

“快跟上，小喜鹊！你是我们中间跑得最快的！”约瑟夫老爷大喊道，“去看看它落在什么地方？”

“没问题，老爷！”

我时而钻腿，时而扒肩，以最快的速度挤过人群，穿过市场。人们都仰着头，张着嘴，一动不动地愣在原地。连正伸手往别人口袋里偷东西的小男孩也停了手，一脸震惊地看向天空。

挤到人群边缘时，我放慢脚步，查看气球的动向。过去几分钟内，气球上升速度很快。不一会儿，红黄蓝色的气球就变成了一抹鲜艳的亮色，飘浮在了高高的屋顶之上。它高高在上地俯瞰着整个世界，仿佛再也不会回到地面。我看着看着，感觉自己的身体，也变得轻盈了，仿佛身体的一部分，也随气球一起飞到了高空中。在那里，只有朵朵白云与我为伴。

但愿如此。

我们之前测量风向时，风是东南方向刮来的。这会儿，风向改变了，变成了偏南风。于是，气球往河边飘去了。我又开始奔跑，让气球保持在视野之内。通往河边的路又狭窄又阴暗。有两次，我差点跌倒。“对不起啦，可可。”我说，因为对它而言，这是一趟颠簸的旅途。鞋子——即使是仆人的鞋子——对于跑步也是毫无帮助的。到最后，我干脆踹掉鞋子，赤脚奔跑。

到了河边，我再次检查气球的动态。它似乎下降了一点点。阿诺内上空，教堂尖顶密布，但幸运的是，我们的气球总能及时避开。我一边跑，一边看，紧跟着气球。渐渐地，阿诺内在我身后越来越小，小成了一座茅屋，一个猪圈。这时，气球又下降了。我紧紧跟在它后面。

现在，气球渐渐瘪了。它看上去更像一个干瘪的土豆，而不是水滴。热气慢慢漏尽。这次飞行，已经比以往任何一次飞行持续得更久。但我还是不愿看到它结束。

“再飞过一片草地吧！”我用意念驱使气球继续向前，“加油，你可以做到的！”

气球越过一道墙，又飘过一片草地。草地上满是正在吃草的羊。气球向一边斜沉，离地面只有二十英尺了。

我爬过墙，逼迫自己的双腿继续前行。羊儿们都没抬头张望——既没看我，也没看那个从它们头顶上缓缓飘过的大棉布袋。然而，在草地另一边，有人在大喊大叫。两个穿着汗衫、正在翻晒草料的男人停下了手中的活儿，目瞪口呆地看着气球。

“那是什么东西？”一个男人大叫。他举起手中的草叉，仿佛眼前的气球是一头可怕的狼，他要把它赶走。我真担心他会把我们的气球戳坏。

“那是月亮，从天上掉下来了！”另一个男人惊叹道。

它确实掉下来了。它重重地砸向地面，发出一声闷响。落地的一瞬，气球里的热气涌出，我被热风吹了一脸灰。我向后踉跄了一下，摇摇晃晃地重新站稳，吐掉嘴里的灰。

气球渐渐停落在草地上。在它周围，羊儿们继续专注地啃草，似乎眼前这一幕，再平常不过。可可也在它的斜挎包里睡得酣沉。然而，这一幕于我而言，犹如奇迹。我感到无比自豪，激动得哽咽了。我们为此准备了多少个日夜，经历了多少烦闷、秘密和反复试验，但最终，我们的设计成功了。

一群人，由皮埃尔、约瑟夫老爷和艾蒂安先生带领着，正大步跨过草地，向我走来。他们笑得如此灿烂，我从这么远的地方，都看得见他们在笑。可谁又能怪他们呢？

我们成功了。我们让气球飞了起来。

四

关于一个男孩

13

五点刚过，暑气渐消，所有东西都被搬上了赫尔吉斯子爵的马车。国王路易正在凡尔赛宫翘首以待。这是我见过最气派的马车——真皮座椅，可以打开的窗户，四匹拉车的骏马。这些马，毛发雪白，一定有人经常为它们梳洗。我仍沉醉在今天发生的一切中，看着这最后的收尾工作，感觉仍像做梦一样。

“快点，快点，小喜鹊！”韦尔特太太凶巴巴地一吼，我才清醒过来，“你把最后一个箱子搬下来，好吗？在楼上书房里。”

我立刻反应过来她指的是哪个箱子。她其实根本不用告诉我箱子放在哪儿。我一边爬楼梯，一边陷入不安。

我一进门，就看见它摆在书桌上。红色漆皮已经磨损、掉色，铜锁上的花纹也已经发旧、模糊。我用手指抚摸它，下意识地检查锁是否打开着。当然，这是不可能的：箱子锁得紧紧的。单单一个箱子，我想不会值多少钱。但重要的不是箱子，而是箱子里的东西。

德拉克洛瓦夫人还会回来的，我知道她一定会的。我突然意识到这点，自己也吓了一跳，因为我已经好几个礼拜没有想起她了。我想：假如我把箱子给她，会不会对大家都好呢？事到如今，这么做又有何妨呢？我们已经远远超越英国人了。飞行器模型正被运往凡尔赛宫。国王又请了那么多设计师和帮手，孟格菲先生们离了这些笔记，应该照样能行。至少，到那时德拉克洛瓦夫人不会再纠缠我们了。

我环顾四周，发现书房的窗户敞开着。如果我说有贼从窗户爬进来偷走了箱子，大家也不难相信吧。我可以说这是一起入室盗窃，就像他们上次经历的那样。孟格菲们走了之后，我再把箱子拿出来，偷偷溜出去，找到德拉克洛瓦夫人，把箱子给她，从此和她一刀两断、再无瓜葛。

这虽非上策，可我也想不到更好的点子了。不过，首先我得把箱子藏起来。我选择把它藏在走道尽头那间狭小、闲置的卧室里。我刚赶到卧室门口，韦尔特太太突然对着楼上大喊："小喜鹊，快点把那箱子拿下来！他们都在等着呢！"

"来啦！"我把箱子挪到腰另一侧。箱子还是很难用手拿住，而且很沉，他们似乎把所有笔记本都锁在里面了。

这时，旁边的卧室门开了。一个穿着睡袍、围着披肩的女人站在门后。我吃惊得差点摔了箱子："孟格菲夫人！"

她微微一笑。她神采奕奕的深色眼睛和皮埃尔的一模一样。不过，除了眼睛，她浑身上下都给人一种瓷器般一碰即碎的感觉。

“你一定就是小喜鹊吧。”她说，“我听说过不少你——和你的小公鸡，神奇的事迹。”

我脸红了。这时，可可从斜挎包里探出脑袋，逗得她哈哈大笑。我的脸更红了。

“我看你正准备把那件行李搬到楼下，对吧？”她问。她从门后走出来，顺手关上了门。我还没反应过来，她已经用自己细弱的胳膊挽住了我。“帮帮我，好吗？我想和我的丈夫好好地道别。”

我只好一只胳膊夹住箱子，一只胳膊扶着孟格菲夫人，继续往前走。

“你下床干什么？”我们出现在车道上时，约瑟夫老爷惊呼。但他还是小心翼翼地拥抱了她。他俩分开时，她为他整理了衣领。看到这一幕，我喉咙哽咽了。

他们从我手中接过箱子，放在马车后边。那里已经堆满了箱子和篮子。孟格菲的飞行器模型虽然沾满灰尘，但仍是完整无损的，也被放在那一堆箱子和篮子的最上边，用油布盖住了。红箱子也被绑在上面，像装饰在玛德琳蛋糕上的一颗樱桃。

此刻，大家都在相互道别。红箱子随时会离我而去。

这时，答案突然清晰浮现：别管箱子了，该离去的是我。假如我带着箱子一起消失呢？这就是答案，这样大家就都安全了，不是吗？反正我给这个好人家带来的只能是麻烦。

我鼓足勇气，走到约瑟夫老爷面前："我可以搭你们的车去巴黎吗？"

他大吃一惊："啊……当然了……不过……"

"您一直待我很好，收留了我，还为我做这做那，"我急匆匆地说，"但是时候朝前看了。"

"你确定吗？"他问我。

"是的，先生。这儿毕竟不是我的家。我有亲人在巴黎，我正准备去寻找他们。"这两句话都是违心的谎言。

谢天谢地，马车终于要出发了，所以也没时间思前顾后了。我也没有什么东西要带走，除了身上刚换的那身女仆衣服。奥黛特和韦尔特太太匆忙而善意地向我道了"再见"。皮埃尔则完全惊呆了。

"这是怎么了？小喜鹊，我以为你喜欢这儿的！"皮埃尔大叫，他的声音颤抖起来，"我们需要你。你是我们的幸运星。"

"你也是我的幸运星。"我告诉他。他是我长这么大唯一的朋友。

"时间到了，该出发了。"车夫拉起缰绳，大声道。

我轻轻捏了捏皮埃尔的胳膊。我实在不忍心去看他的脸。

蒙哥尔费爬上马车后，我主动关上了身后的大门。最后一次走在这条车道上，感觉真奇怪啊。几个月前，我在更阑人静的子夜时分，悄悄爬过车道时，心里打算的是进去就出来，然后交差完事。事情的发展，真是始料未及。

大门关上后，车厢门敞开了。

“小喜鹊，你快进来吧。”约瑟夫老爷从车厢里说。

说实话，里面看上去有些狭小、拥挤。约瑟夫老爷和赫尔吉斯子爵挤在一个座位上，艾蒂安先生占满了另一个座位。我不知道我和可可还能坐在什么地方。

“我们坐外边吧。”我想这是最好的决定。

车夫腾出他身边的座位，并伸出手拉我一把。我抓住他的手，坐上了那张窄小的座椅，座椅前有一个类似支架的东西可以搁脚。

“我们要走多久？”我问车夫。

“三天吧，中间还要换好几次马。”他回答道。

这听起来漫长得犹如一生。

驶上通往镇外的大道后，车夫一甩马鞭，我们开始加速前进了。马儿奔跑的速度如此之快，我被一次次狠狠摔回座椅上。我立刻后悔了，真不该坐在外面。每碰上一块石子，遇到一处凹坑，我的五脏六腑都像被颠翻了似的。我一手扶住座椅，一手抱紧可可，我感觉自己马上要奔赴地狱了。我脑海里只有一个想法：还有三天？我肯定没法活着赶到巴黎。

然而，奇迹般地，我撑过了第一段的二十里路。然后，换了马之后，又撑过了第二段、第三段。每一次停车，我都是把自己从座椅上拔起来，再晕乎乎地下车的。

停车最大的坏处在于，它给了我胡思乱想的时间。我努力告诉自己，离开阿诺内是正确的。我不可能一辈子跟着孟格菲一家——我的过去终有浮出水面的那一天。至少，这样一刀两断也算干净彻底。

而且，我马上要去巴黎了！多么幸运！

只不过，巴黎对于我来说是一座陌生的城市。它太大，冷冰冰的，不像阿诺内。我们停车时落脚的旅馆——满是喧喧嚷嚷的醉汉——让我想起了曾经的街头生活。我马上又要回到这种生活里了。我的心迅速沉了下去。再想想留在身后的朋友，我差不多快要绝望了。

第二天夜里，我们停在一条小河附近，给马饮水。这时，我突然想吐。继续上路前，车夫摇摇头说：“你别和我坐一起。”

“我没生病，”我告诉他，“我只是肠胃不适应马车的颠簸。”

“我不要冒这个风险。你问问孟格菲先生们，看他们让不让你坐里边。”

但我需要的是新鲜空气，不是拥挤、封闭的车厢。

我疲惫地喘了一口气。“那我要坐外边的话，还能坐在哪儿？”

他用拇指戳戳马车后边堆放行李的地方。行李太多，堆得老高，把后车轱辘都要压扁了。行李最上边放着那只红色箱子；说实话，我本来还想着有更舒服的地方可以坐，我的表情一定泄露了我的心思，因为车夫说：“你自己选。要么坐后边，要么下车，走到巴黎去。”当然，后者根本算不上什么选项。

车后边的摇晃和颠簸更加厉害。不过，最后我睡着了。我一觉醒来，睁开眼睛时，天已经快亮了。我脚边堆着裹气球的油布。油布之下，我感到有东西在动。我以为是哪只箱子的盖子被震开了，于是用脚指头踢开油布一角查看。

一只手突然伸出来，拽住我的脚踝。随后，有“嘎嘎”的叫声传出。接着，一个长满羽毛的东西扑面而来。

“怎么——”我吓了一跳，差点儿跌下车。

伏尔泰落在了我的腿上。可可察觉到它之后，拼命扑棱着翅膀，挣扎着从斜挎包里出来。接着，一个人头和肩膀伸了出来。我过了半天，才反应过来。

“皮埃尔？”

他像个傻子一样，开心地大笑着。

“你在车上待多久了？”我气喘吁吁地说，既高兴又害怕，“该不会从阿诺内开始，就一直在车上吧？”

他点点头。“你开门时，我趁机溜了上来。”

我身边没有空位，所以他只好继续待在下边。我趁两只鸟开战之前，把伏尔泰递还给他。

“所以说，没人知道你在这儿？”我问。

“是的。”

看着他一脸得意的样子，我真为他可怜的母亲担心。“你至少应该告诉一个人的。”

“你决定离开的时候，不也谁都没告诉吗？”他和我斗嘴，“你决定好了就走了——整个过程不过几分钟。”

“一码归一码。”我嘀咕道。难道他意识不到，他在阿诺内的生活有多好吗？我宁愿割掉自己的右胳膊——和左胳膊，来换取他所拥有的一切，换取真正在乎我的家人。

“难道我在这儿，你不高兴吗？”他气呼呼地说。

“你为什么要来这儿？”

“当然是为了去凡尔赛宫看气球试飞啊。小喜鹊，你必须随我一起去瞧瞧。哦，求你了，说你会去的！不要去巴黎了！”

“但你爸爸不知道你在这儿。”

皮埃尔耸耸肩：“他知道了，一定惊喜万分。”

我看不一定。

正在这时，马车突然一个急刹车。我们正行驶在乡间小道上，四周没有一所房子。

“怎么了？”皮埃尔问。

“我不知道。”

马车停滞不前。我从车厢一边探出头，大声询问车夫。下一秒，我倒吸了一口冷气。马前站着一个通身黑衣的男子。他下半张脸蒙着围巾，头戴一顶三角帽。奇怪的是，我是先看清楚了这些细节，才发现他手里端着一杆枪。而枪口正对着我。

14

“你，小子！快给我下来！”

我从车厢一边探出的脑袋上，头发还很短，所以被人误认作男孩子也很正常。不过，我并没有听从他的指令，继续保持不动。

“发生了什么？我们为什么停下了？”皮埃尔小声问。

“别问问题了！”我低声嘶吼。事实上，我还从未被打劫过——从来都是我偷别人的。

“快钻回油布下边。”我命令皮埃尔。

“你要去哪儿？”

我舔舔干燥的嘴唇。“还没想好呢。”

我听见车夫在车厢前边尖叫。然后，脚步声逼近。我一动不动。突然，脚步声停了下来，与此同时，车厢门“哐啷”一声打开了。

“出来吧，先生们！”强盗的声音凶巴巴的，他似乎故意拿腔拿调，装出一副凶悍的样子，“快点。我可没时间陪你们耗！”

车厢剧烈地晃动起来。赫尔吉斯子爵、约瑟夫老爷和艾蒂安先生从车厢里爬了出来。

“我们身上有点钱，”艾蒂安先生说，“喏，我的钱包，你拿着。我还有一根银帽针，这枚戒指上还有一颗红宝石。”

“拿着吧，让我们继续赶路吧。”约瑟夫老爷乞求道。

“没这么快。”强盗咆哮道，“我不要珠宝。快把你们的手放在我看得见的地方。”

我大喘一口气。这辆马车上有一件东西比红宝石和银子更贵重——而我正坐在它上面。这个强盗一定是英国那边派来的。

脚步声向车厢后部一步步逼近。我的左耳畔响起“咔嗒”声：我想，这一定就是拉动枪栓的声音。我顿时害怕起来。

“你可能第一次没听见我的话。”强盗说。

慢慢地，枪口抵住了我的脑袋。他转过身，面向我。这是我第一次看清楚他的模样。我吃惊得差点叫出来：搞什么，他还是一个半大孩子呢！

不过，我还是保持不动。

“你是傻吗？”强盗说。

被他的枪抵着脑门儿，我知道自己别无选择，只好下车。我故意慢吞吞地，显示自己不高兴。

“原来不是男孩子啊。”我跳到他面前时，他说。他的目光落在了我灰扑扑的裙子上。我注意到，他的眼睛是湛蓝色的，从帽子边沿逸出的几缕头发是金黄色的。

“论身手，论体格，我不输任何男孩子。”我告诉他。

“那太好了，你可以先帮我把行李搬下来。”

这么做皮埃尔肯定会暴露的。那只红色保险箱也藏不住了。我装出一副忙着解绳子的样子，其实是在争取时间。强盗急坏了，不停地焦躁不安地看向路的两边。我听见车厢一侧传来动静。声响惊动了强盗。

“我告诉过你们等一下——”

艾蒂安先生像一头巨熊似的向他猛扑过来。强盗一口气没喘过来，倒在地上。艾蒂安先生立刻扑上去，压住他的身子。接着，约瑟夫老爷和赫尔吉斯子爵也压了上去。我简直不敢相信。他们三个看上去都像一辈子从没打过架似的，但突然间，四个人抱成一团，在地上打滚、互殴、骂娘。我也想趁机给强盗来一拳。但他们速度太快，我找不准目标。我最担心的是强盗手上的枪：他正危险地挥动着手中的枪，枪口时而朝向车厢，时而朝向马匹，时而朝向行李，时而朝向天空。

“慢点出来，”我小声对皮埃尔说，“带上伏尔泰和可可，藏在树林后的河堤上。”

皮埃尔按照我的指示，躲到了林子里。这时，四个扭打作一团的人，才刚刚分开。不过，手枪真的让我很心烦。它还握在强盗手上。这次，我终于瞄准了目标，狠狠踢了他一脚。枪被我踢飞了。强盗惊叫起来。枪落在了远处灰扑扑的路面上。

“快按住他！”车夫看见强盗手上没了武器，立马大喊，“别让他拿到箱子！”

然而，大家还没反应过来，强盗已经跑了，跑去捡他的枪了。他知道自己被打败了，灰溜溜的。他还一路捂着手腕，我想，估计我那一脚下去，不仅踹飞了他的手枪，也踹伤了他的手腕。

“趁他折回来之前，咱们赶快走吧。”约瑟夫老爷催促另外两位先生上车。他等他俩进了车厢，自己才爬进去，然后探出身子对我说：“小喜鹊，请进来，和我们坐一起吧。”

“我会的……不过等等……我还得……”我扫视河堤，寻找皮埃尔的身影。这可真像他的风格。哎，我叫他藏起来，又没让他消失。

“看在上帝的分儿上，快点进来吧！”约瑟夫老爷一手撑着敞开的车门，一边大喊道。

我不能走啊。不能丢下皮埃尔。“我随后就到！”我告诉他，“但可可和——”

一声枪响。

我心跳一下停止了。我惊慌地想，一定是强盗击中了某人。是谁？谁啊？

然而，当我再次看向强盗时，我发现他正站在远处。找回手枪之后，他对着天空放了一枪，不甘心地向我们示威。接着，他又放了一枪，然后，离开大路，钻进树林，消失了。

枪声惊吓到了马匹。我听见车夫在前边不停地说“安静，安静”。而马却一直上蹿下跳、躁动不安。车厢往后一颠，又突然往前一倾，车门“砰”一声，重重地摔上了。

这下好了。领头的马暴跳起来，发出一声长长的嘶鸣。车夫哇哇大叫。路面上扬起一片尘土。待尘埃落定，马车已经跑远。

“等等我！”我振臂大呼，“等等——！”

当然，皮埃尔到了这个时候才终于露面。他一只胳膊下夹着一只鸟，说：“对不起，我刚才只是……啊！”

我们两个一起万分无奈地看着马车渐行渐远。车子已经驶出一段距离了，我俩再怎么赶也赶不上了。至于那名强盗，他早已消失得无影无踪了。

我愤怒地向皮埃尔发问：“你去哪儿了？怎么不回来呢？”

“你问它吧。”皮埃尔把可可塞回我怀里，“它看了一眼伏尔泰，就跑了。”

“你应该看住它们两个的啊！”

“我试过啊！又不是我的错，谁让你的鸟是一只……小母鸡呢！”

"它是一只大公鸡！"

我们俩怒目相视了很长很长一段时间。

最后，是我打破了沉默。我实在太绝望了，绝望到无法继续生气了："好吧，马儿跑了，强盗也走远了。现在只剩咱俩了。我们没有钱，没有食物，没有水。巴黎远在千里之外，靠两条腿走的话，我们还得走好远好远。"

皮埃尔眼睛却盯住我身后的某处。

"你在听吗？"我问。

"小喜鹊，"他说，"你看那是什么？"

他指向路面上的什么东西。一开始，空气中有灰尘，看不太清楚。后来，我看清了。是一只箱子——是那只箱子——它从马车上滚落了下来，看起来比以往更加破旧了。

"它怎么会落这儿了？"皮埃尔问。

就在四人开打之前，我解开了捆绑行李的绳子，不是吗？后来，我一直没机会重新系紧绳子。

"是我干的。"我内疚地承认道，"强盗命令我把箱子搬下车。我是在努力争取时间——"

"我真高兴你这么做了。"皮埃尔打断道。

"怎么了？"

"还记得赫尔吉斯子爵对我们说过什么了？国王想要我们所有的东西。爸爸所有的笔记，所有的草图，所有的一切。以确保它们不会落入英国人手中。"

我当然记得。

“所以，如果他们到了凡尔赛宫，却没按他的要求带来所有的东西——”

“他们照样可以让气球飞起来啊，”我没弄明白他在担心什么，“他们会记得怎么做的。况且，他们带去了气球模型。”

“但是国王不希望我们的设计落到别人手里。他下旨命令他们把所有的笔记都带进凡尔赛宫。”

“或许吧。”我用脚趾踢着地面上的灰尘，又忐忑不安起来。我担心的可不只是约瑟夫老爷。他如果觉得自己辜负了法国国王的期许，肯定会愧疚到崩溃的。老实说，如果没有这只讨厌的箱子，我们肯定能轻松不少。这只箱子在哪儿，麻烦就会跟到哪儿。

“这还不明显吗，小喜鹊。”皮埃尔激动地说。我讨厌他情绪这么激动。“我们得把箱子送去凡尔赛宫。到头来，你还是得跟我一起走。”

我眯起眼，看向前方遥无尽头的路。我可不想走路去巴黎，更不想拖着个笨重的箱子。但其他选项，也不怎么诱人。和强盗的交锋让我惊魂未定。我们得尽快把这些笔记本安全送到凡尔赛宫。

“好吧，”我同意道，“你拎箱子的一边，我拎另一边。”

我们就这样上路了。一开始，还不算太糟。我们甚至苦中作乐，被两只鸟之间不停的争吵拌嘴逗得哈哈大笑。伏尔泰坚持要走在最前边，像个大领导似的。而可可则在斜挎包里缩起脑袋，仿佛不忍直视伏尔泰的傻样。

不过，我只笑了一会儿就笑不出来了。路上的每一道影子，每一个声响，都使我突然一惊。我虽然没告诉皮埃尔，但十分肯定，有人一直在跟踪我们。

15

结果，我们走了整整一夜。偶尔停下来，轮流睡觉。不过，我神经太紧张了，刚躺下，就惊醒，都没怎么休息。第二天，我们又走了整整一天。我们走呀走，太阳真晒啊，晒得路面上仿佛起了阵阵的热浪在翻滚。我们找不到水，只能喝坑洼里的积水。至于食物，我们遇到了一棵樱桃树，于是一下子吃了太多的樱桃，结果肚子剧烈地疼痛起来。我们一起蹲在沟里拉肚子。即使在那种时候，我还不忘时时刻刻警惕背后的英国人。

待我们终于到达巴黎城外，已是傍晚时分。

“终于到了！我们成功了！”皮埃尔扔开重重的皮箱，长长地舒了一口气。

我站在路边，头晕目眩，一手血泡。巴黎的美景，尽在眼前。我从未见过这么宽敞气派的地方，目之所及之处，条条大路，纵横交错，通往四面八方。

一个巨大的拱门，似乎是进城的通道。我看见拱门内有好多壮观宏伟的建筑，简直像宫殿一样，或者可以说像好多巨大的昂贵的蛋糕。到处是人——步行的人，骑马的人，乘马车的人。我下意识地用脚紧紧钩住皮箱。我才不要费了老大的劲，大老远地把箱子拖到这儿，结果一不留神，被人抢走了。

原来这就是巴黎。

我瞪大眼睛，瞧了又瞧，直到瞧遍所有可瞧之处。看过阿诺内那些歪歪斜斜的屋顶挤挤挨挨、争夺空间之后，巴黎简直如一幅画般井然有序、赏心悦目。或许，这里的街头生活没有那么糟糕吧。想象一下，站在气球上，从空中俯瞰巴黎，该是怎样一番景致！

“你觉得今晚我们能走到凡尔赛宫吗？”皮埃尔问。他无比担心：我敢打赌，他老爸若发现保险箱不见了，也会担心死的。

问题是，凡尔赛宫还远在十里路之外，得沿着眼前这条绕城环路一直向西走，走到城市的另一边。我太累了，累得实在挪不动脚了。可是，箱子在我们身上多停留一秒，事情就会多出一分风险和变数。

“我们努力一把，好吗？”我答应道。只是，在拎起箱子一侧的那一瞬，我突然头晕了。

“你没事吧！”皮埃尔赶忙扶住我。

“我没事。”我坚持说。但是一天一夜没好好吃东西，我的身体已经发出了抗议。

“我们先吃点东西再说吧。”皮埃尔说。

我不忍心提醒他，我们已经身无分文了。

进了拱门之后，我很快发现，巴黎还有另一面，仿佛是另一个完全不同的巴黎。这一个巴黎，没有那么规整、美丽，而是臭气熏天，吵吵嚷嚷，挤满老旧的木屋和在街上大喊大叫的人。

街上，有卖蛋糕、点心、奶酪和面包的小摊。有些看起来新鲜美味，有些却像在大热天里摆了一天没卖出去的。不过，我太饿了，也顾不上那么多了。看见吃的，胃里那种痉挛感立刻强烈而迫切地涌了回来。在人这么多的地方，偷东西很容易。

一群人正在围观一个男人耍一只会跳舞的狗。旁边有一个卖水果派的小摊。我径直走过去。皮埃尔连同箱子被我一起拖了过去。

我向摊主讨水喝。“我想给我可怜的弟弟讨口水，你看他。”我指向皮埃尔说。摊主越过我的肩头看向皮埃尔。虽然他的目光只移开了一秒，但这一秒，对我而言足矣。我指头轻轻一弹，两块水果派便从摊位边沿落入了我的掌心。然后，我后退几步，重新混入了人群。

“你干吗呀？”我们来到街上人较少的地方之后，皮埃尔冲我大声嚷嚷。

我递给他一块苹果派，但他不肯接。

“你这是偷来的，不是吗？”

“当然是偷来的。我又没钱。你身上也没钱。所以，”我再一次把苹果派递向他，“吃吧。”

他紧紧抱住双臂。皮埃尔向来不会对吃的说不。我知道，他这么做，是在表态。他真够清高的。我讨厌他这一点。

“别傻了，”我告诉他，“你得吃点东西。”

“你应该付钱买下这些水果派。”他固执地说。

“你才应该认清现状，别再表现得跟我们还在阿诺内似的。”我立马还嘴道。

“我没有。”

“你就有。现在没有韦尔特太太跟在你身后给你做饭了，你要是不想饿肚子——”

“再怎么说，偷东西都是不对的，小喜鹊。”

“好吧，我可不想浪费食物。”我吃完自己的派，把他的那块也塞进了嘴里。

“好吧，就这样吧。”他说完，怒气冲冲地转身离开了。我根本来不及拦住他。伏尔泰也一摇一摆地，跟在他后面走了。

不一会儿，他们就消失在了人群中。我太累了，实在没力气去追他们了。肚皮填饱之后，我把箱子拖到街边，靠墙放好，然后坐在箱子上等待。我相信，皮埃尔一会儿就回来了。没有我陪着，他肯定不会走远的。

我等啊等。

一两小时过去了，还迟迟不见皮埃尔的身影。我简直不敢相信，他怎么这么蠢，在一个人生地不熟的地方，竟一气之下，就这么走了。他肯定会迷路的。

天色渐暗，我不再生他的气了，反而开始为他担心。皮埃尔一定是遇上什么事了。他有可能被劫了，或者被揍了，或者既被劫又被揍了。

街上的咖啡馆，陆陆续续点了灯，把椅子和板凳搬到了户外的鹅卵石路上。城市的声音也改变了。一对男女在某处争吵。猫在嘶叫。一把小提琴在弹奏着忧伤的乐曲。油锅里正滋滋地煎着肉。空气中弥漫着一丝阴沉和危险的气息。我不禁缩起双肩，紧紧搂住可可。

一个男孩向我走来。我没看见他。是他的声音惊醒了我："需要我帮你提箱子吗？"

我立马用脚紧紧钩住皮箱。"干吗？你谁啊？"

男孩穿着干净无瑕的马裤和漂亮的灰蓝色夹克。夹克松松地搭在他肩上，像披肩一样。他穿得太好了，在这种地方，显得格格不入。我起了疑心。他好像也注意到了。

"亲爱的，我可不是小偷，"他语气夸张地表示自己受到了冒犯，"我只是碰巧路过，以为你遇到了困难，需要帮助。"

我不信他的话。可可也不信。可可趁他不备，要啄他的胳膊。不过，没有成功。男孩发现了，向后退了几步。

"我在等朋友。他随时会到。"我说。

“或许，我应该陪你一起等，”男孩说，“这一带晚上很热闹。”

“这我早就知道。”我嘀咕道。我背过身去，明确表示自己没心情和他交朋友。那种被跟踪的感觉依然挥之不去。最好不要相信任何人。我不耐烦地用脚趾敲击地面，想皮埃尔到底去哪儿了。等他回来，我要好好敲打敲打他。在此之前，我希望那个男孩失去耐心，觉得无聊，自己走开。

没有那么好运。他很能坚持。于是，我直接对他说：“你快走吧，好吗？我不需要你的——”我打住了。

瞧，那穿着衬衣，从街上慢慢走过来的不正是皮埃尔吗？伏尔泰正趾高气扬地立在他肩膀上。我发现他俩的神情中颇有几分得意。这让我特别想把他俩的脖子拧下来。当然，我不会这么干：我跳起来，松了一大口气。

“喂！这边！”我大喊，张开双臂，迎接皮埃尔，“你去哪儿了？没事吧？”

“只要你不准备掐死我，我就没事。”皮埃尔笑着说，“你刚刚在跟谁说话？”

我一转身，刚好看见那个陌生男孩默默地离开。他能提出来帮我拎箱子，也实属不易——他藏在夹克里的右臂还吊着绷带。

16

这时，皮埃尔从口袋里掏出一把硬币：“看，我也不是个无药可救的笨蛋吧。”我赶紧捂住他的手：“再这样公然炫耀你的硬币，它们马上就不是你的了！”

“对不起！”他收起钱，“但我是认真的，小喜鹊。我们今晚要好好吃顿晚餐——一顿我们支付得起的晚餐。然后，我们再找一个地方，好好睡一觉。”

“可可，你听到了吗？”我抚摸着可可的羽毛说。它还在紧张。自从遇见那个蓝衣男孩，它一直没缓过来，即便伏尔泰一脸得意地站在它面前，也无济于事。

“给两只鸟也加餐，”皮埃尔说，“它们可以敞开了肚皮吃！”

我本来还在为他抛下我这么久而生气，听了这番话，顿时忍俊不禁：“钱从哪来的？”

“我亲爱的小喜鹊，我呢，卖了我的夹克和鞋子上的一颗银扣子。”

“那另一颗扣子呢？”我看了一眼他的脚，说，“你怎么不把它也卖了？”

“那是明天的饭钱。”

我点点头，对他刮目相看：他确实有长进。饥饿会改变一个人看待事物的方式。一颗银扣子不是时髦，而是肚子里的食物和过夜的床。说实话，那些水果派根本填不饱我的肚子。

我们合力抬起箱子，沿街走，一直走到了下一条更繁忙热闹的街上。皮埃尔选了一家咖啡馆，陡直的阶梯通往地下室。咖啡馆内又昏暗又闷热，每张桌上，玻璃瓶里插着燃烧的蜡烛。照皮埃尔的标准看，这里算不上高档，但我已经很满足了。我们在角落找了一个位子，把箱子和我们的两只鸟偷偷藏在脚下。

晚餐是一整只叉烤鸡，用手抓着吃最好吃。饭后，皮埃尔称这是他吃过的最美味的鸡。

“别让可可听见了。”我说。

我正偷偷往桌下两只饥肠辘辘的鸟嘴里塞面包时，注意到了坐在我们旁边的一桌人。他们是和我们差不多年纪的年轻人，正为一个我听不懂的笑话拍案大笑。皮埃尔却听懂了这个笑话，笑得合不拢嘴。

“不好意思打扰一下，我觉得应该是你们，而不是你。”皮埃尔对离他最近的那位年轻人说。

年轻人转过脸来，我一看，叫苦不迭。怎么又是他——那个陌生的男孩子。其实他已经不是男孩子了，但也尚未成年：我猜他大概十五岁吧。

他也认出了我：“哦，看来你的朋友回来了。”

我没理他。皮埃尔却伸手向他问好。我在皮埃尔耳边拼命地小声劝阻：“他就是之前在街上要主动帮我拎箱子的那个人。别相信他！”

太晚了，他们已经在握手了。不过，我注意到那个陌生男孩子握手的动作十分小心翼翼，虽然他右臂的绷带已经拆了。

“我叫塞巴斯蒂安·德拉米尔。”他说，“欢迎来到巴黎。”

皮埃尔点点头：“皮埃尔。皮埃尔·孟格菲。”

我翻了个白眼，这正是我们需要的：在人前暴露我们的身份。真是有其父必有其子。

“你呢？”塞巴斯蒂安转向我。

“我想我们该走了，皮埃尔。”我不理他。

但已经没人在听我的话了。搬过椅子，切开蛋糕，我们已经和塞巴斯蒂安的朋友们坐在了一张桌子上。他的朋友们和他一样，一看即是富家子弟。我们把箱子挤在座椅之间，以防被偷。

“用你的脚抵住箱子，”我悄悄对皮埃尔说，“别跟任何人说里面装的是什么。”

我搂着膝上的可可，拒绝和任何人交谈。再说了，我又能说些什么呢？我感觉自己正俯视着整个世界，正从远处冷眼旁观着一切。像我这样的女孩和他们这样的男孩，本来就不是同一类人。

然后，我想起了一件事。

“你怎么知道我们刚到巴黎？”我问。

烛光照亮的一张张脸，都转向了我。塞巴斯蒂安笑到一半，停下来。“什么？”

“你早些时候对我们说：‘欢迎来到巴黎。’”

“是吗？”他轻松愉快地说，“我不太记得了——”

“你确实说过。”我瞪着他，“你怎么知道的？”

有人咳嗽了一下。我看向皮埃尔。他一脸尴尬，小声对我说：“他只是表示友好啦。”

“我是在尽我所能向你们表示友好，”塞巴斯蒂安说，“无论如何，你们拖着个箱子在街上走，很显然家不在本地，要不然肯定会把箱子放家里啊。”

我看见皮埃尔的眼神仿佛在说：打住，别再说了。

“箱子里是什么？”塞巴斯蒂安离开座位，探过身来看我们放在座椅之间的箱子。

“没啥。”我说，脖根一阵发热。

“别藏着掖着了，你们两个人才搬得动的箱子——一定很沉。”

“只是一些纸，”皮埃尔说，“没什么好玩的。”

“别告诉他！”我厉声道。

皮埃尔举手投降：“我可不认为——”

“他有可能是英国间谍！”我脱口而出。

塞巴斯蒂安眉毛高高挑起，指向自己：“我是间谍？你是这个意思吗？”

桌上，他的朋友们不安地笑着；他瞪了他们一眼，笑声立马停止了。

“你认为我是间谍？”他又说了一遍。这一次，他脸上笑意全无。

“你有可能就是啊。”我嘀咕道，“我们怎么知道呢？”

他一脸鄙夷地转向皮埃尔：“你呢，赞同她的看法吗？”

“呃，不，我——”

“一定是有人在给她灌输这个思想，”他打断道，“我想象不出，她有这个脑子，能想到这些。”

“我虽然穷，皮肤黑，但这不代表我脑子笨。”我告诉他。

塞巴斯蒂安不睬我。他揪住皮埃尔不放。

“您冒犯了我的名誉，先生。”他瞪着皮埃尔说。皮埃尔已经吓得脸色发白了。我不明白为什么，我在街头听到过比这糟糕一万倍的诅咒。但桌上的其他人会心地看向彼此，眼神既惊恐又兴奋。

“你们干吗互相之间这种眼神？”我大声问，“皮埃尔又没做错什么。塞巴斯蒂安，说你是间谍的人是我，别找我朋友的事儿啊。”

塞巴斯蒂安的回应是从口袋里抽出一只皮手套，摔在桌面上。他的朋友们都倒吸了一大口气。可怜的皮埃尔眼看快要昏过去了。

“孟格菲先生，你要满足我的要求。明天，”塞巴斯蒂安说，“黎明时分，在杜伊勒里花园门口的墙边，不见不散。”

回到街上，皮埃尔向我发难：“小喜鹊，你个傻瓜！你干吗要说那样的话？”

“我又做错了什么？”我气急败坏地说，“从我们掌握的情况看，他的确可能是间谍！再怎么说，提到纸的人是你啊。”

“但是你说的话冒犯了人家在先。你说话都不过脑子的吗？”

“是他骚扰我在先，非要帮我拎箱子！他那条胳膊又是怎么回事，打绷带的那条？”

皮埃尔不耐烦地啧嘴：“他的胳膊没有打绷带。”

“你看到的时候，确实没有。但他之前，右臂确实打了绷带。他可能右臂端过枪。”

“你在胡言乱语些什么？”

“你想想啊，”这会儿我也发火了，“几周之前，我们在阿诺内那会儿，就已经有间谍的传言了。在路上，我们被一个金发碧眼的男孩给劫了。然后，到了巴黎，又半路跳出来一个金发碧眼的男孩，而且这个男孩还出奇地友好。”

“你认为那是塞巴斯蒂安干的吗？”从皮埃尔的眼神中，我看出他并不相信我的话。

“很有可能。”我喃喃道。虽然我回想起当时强盗用围巾蒙住了下半张脸，心中有所动摇。因为，这其实和我当时闯入孟格菲府时一样，我也蒙住了下半边脸，而皮埃尔也没能认出我。

“我的天！你无凭无据！怎能血口喷人！你刚刚对人家说的话……”皮埃尔气得语无伦次，“……你为什么就不能闭嘴呢？”

皮埃尔扔下他拎的那半边箱子，用鼻孔长长地吸了口气。伏尔泰正忧心忡忡地拍打着翅膀。皮埃尔一把抱起它，把它夹在胳膊下。

“小喜鹊，”他努力保持平静，说，“你知道这一切意味着什么吗？你知道塞巴斯蒂安刚刚说的话是什么意思吗？”

“哪句话？”

他翻翻眼睛：“看来你不知道啊？”

我确实不知道。

“……满足他提出的见面要求……”皮埃尔模仿塞巴斯蒂安油腔滑调的语气。但我一点也不觉得好笑：“他想和我决斗。我冒犯了他的名誉。”

我不敢相信地瞪大眼睛看向他：“可冒犯他的人是我啊。”

我知道什么是决斗。虽然未曾亲眼看见，但我听说过，有的男人拿枪互射，或者用剑互砍。而且这些男人可不是街头常见的那种混混、酒鬼、流氓。这是有钱人之间解决问题的方式。我突然意识到自己闯了这么大的祸，不禁恐惧起来。

“让我回咖啡馆解释清楚吧。”我请求道。

皮埃尔摇摇头：“别管了。他想决斗的人是我。我是男孩子，而且和他来自同一阶层。决斗就是这样。如果我不去，我就成了懦夫。我的名誉就毁了。”

“真不知道你还在乎名誉。”

“小喜鹊，这不是玩笑！”皮埃尔厉声说，“明天黎明，我要去杜伊勒里花园应战。我必须接受塞巴斯蒂安的挑战。”

“只是骂个人而已。你有必要因此搭上性命吗？”

然而，无论我再怎么劝说、乞求，都改变不了他的心意。我第一次见识到他性格中如此倔强的一面。此时此刻，我简直像对着一扇紧闭的门大喊，白费力气。

“不论你怎么说，和他决斗的人应该是我。”我痛苦地说，“是我骂他间谍的。”

皮埃尔叹口气，道：“女孩子不参与决斗的，小喜鹊。即便是短头发的女孩。”

他错了。

五

银子

17

那道墙很高，是石头筑成的。第二天，塞巴斯蒂安果然一早就等在了墙边。他还带了一个朋友。那个男孩我昨晚见过。他胳膊下夹着一个小小的灰色盒子。这时，四点还未到，市里钟声还未响起。

“哟哟，”塞巴斯蒂安优雅地鞠了一躬，说，“我还以为你不敢来呢，孟格菲先生。看来我错了。”

我咬咬嘴唇：他是错了，而且不知道自己错得有多离谱。我用围巾紧紧蒙住了脸和鼻子，而且打算就这么一直蒙着。

皮埃尔·孟格菲先生此刻正被锁在两公里以外的一家面包房楼上的一间小屋子里。这并不在他的计划之中——前一天晚上租下这间屋子时，他本以为第二天黎明去和塞巴斯蒂安碰面的人是他——但我比他起得更早。接下来的事情就很容易了。他还没从床上坐起来，我就一把夺过他的马裤和帽子，然后拿椅子堵上了房门。他大喊大叫着，让我放他出去。我也觉得自己这么做确实挺过分的，尤其他要独自一人看守保险箱，还得和两只臭脾气的鸟共处一室。但生气总比有生命危险好。

虽然皮埃尔的鞋和裤子对于我来说太大了，但我穿上之后还挺像男孩的。至此为止，容易的部分结束了。接下来，我得像一位绅士的儿子一样去决斗了。

塞巴斯蒂安带来的那位朋友名叫奥利弗。我们跟随他，穿过一道上锁的门，来到花园一处偏僻的角落，那里的草长期无人打理，长得和大草原上的草一样深。空气中仍弥漫着夜的寒凉。我胳膊上起了一串鸡皮疙瘩，可能因为冷，也可能因为恐惧。

突然，我们就来到了一片空地上。这块空地上的草较浅，也较平整，形成一块长一百码、宽六七十码的场地。这场地，我光看上一眼，就害怕得直哆嗦。

奥利弗转过头大喊：“咱们的荣誉战场，怎么样？”

我一言不发，浑身颤抖。塞巴斯蒂安走在我前面，有点紧张地说：“还行，还能用。”

场地四周全是树木。不远处是熙熙攘攘的闹市。不过，你根本无法察觉。因为树叶和枝梢吸收了大部分的声音。

就在这时，我下定了决心：我一定不会死在这儿的，像耻辱一般被掩藏起来。不过，想想容易，做起来难。

奥利弗站在场地正中央，“砰”的一声，打开灰色盒子。

“你们的武器，”他说，“首先由塞巴斯蒂安来选。”他把盒子捧给他朋友，仿佛那是一个盛装着珍馐美味的餐盘。

塞巴斯蒂安手伸进盒子。他取出一把银手枪。我还在暗自希望，决斗使用的是刀剑之类不会立刻致死的武器。然后，盒子被捧到了我面前。

“我父亲决斗用的手枪，”塞巴斯蒂安告诉我，“今天能够用上它，真是莫大的荣幸。”

又是那个词——“荣幸”。我呢，根本记不起我父亲的脸。我只知道，他的名字可能叫“阿米尔”，但我也不能确定。

我们家的情况和塞巴斯蒂安、皮埃尔的天差地别。这些年轻人，平日里斯斯文文的，可一旦嗅到威胁家族荣誉的事情，立马变得凶悍无比。我感到自己除了对可可以外，对任何人、任何事，都没有过这么激烈的反应。这件事，远远超出了我能理解的深度。

“难道我们不可以……我不知道……可不可以只用刀剑之类的？”我结结巴巴地说。

奥利弗看向我，那眼神好像在说，我就是一个胆小鬼，一个孬种。而且我作为一个男孩子，声音也太尖细了。

于是，我擦擦手心的汗，默默地从他递上的盒子里拿出一把手枪，不再多说一句话。没想到枪这么沉。枪管很细，很尖。塞巴斯蒂安在检查自己手上的那把枪，而我拿到枪，却不知如何是好。奥利弗咂咂嘴，从我手上夺过枪，咔嚓几下，拉开一个栓后，又把枪还给我。

“这是保险栓，”他指着枪把上的一道拉杆说，“你得把它拉开，才能射击。”

我点点头。

接着，他指着场地上的一处，说：“你们两个人，站在这里。从这个点开始，向左向右各走二十步。一人只能开一枪。第一枪，是塞巴斯蒂安的。”

“十步。”塞巴斯蒂安坚持道。

奥利弗紧张地咳嗽了一下：“十步的话，距离更近，更容易瞄准目标，所以你们就有可能——”

“要的就是这效果，”他厉声打断道，“你还记得吗，这个浑蛋骂我是英国间谍？”

“十步射程，很容易一枪毙命的。”奥利弗回答道，“我觉得没必要——”

“十步就十步了。”我打断他们。天光已经开始放亮了。我们得抓紧时间，把这桩事了结了。

奥利弗看上去不大高兴。但他还是把我们俩叫了过来，让我们背贴背站在一起。一时无话，四周宁静。我听见塞巴斯蒂安的呼吸声，感到他身体散发的温度。我希望他没有听见我野马奔腾似的心跳。

然后，奥利弗一声令下：“开始。”

塞巴斯蒂安向一边走，我往另一边走。奥利弗站在我左手边，计下我们的步数。

“十……九……八……”

我尽力忽略胃里翻江倒海的感觉，把注意力集中在手中那把冰凉、沉重的手枪上。

“七……六……五……四……”

我的步子比平日里迈得更大，我猜，塞巴斯蒂安的步子一定迈得很小。

“三……二……一。停。转身。”

我们转过身，面向彼此。果然，正如我害怕的那样，塞巴斯蒂安离我还是很近。太近了。事实上，我都看得见他喉结处的领带在颤动。他也很紧张。

“第一枪由塞巴斯蒂安发。”奥利弗退后一步说。

我深吸一口气，努力保持不动，直面塞巴斯蒂安。他双手握枪，叉开两腿，直直站着。他把枪举到眼前，眯起眼睛。然后，头歪向一侧，拉下保险栓，再次举起枪。这次，是单手举枪。枪口对准我的头部。这时，一阵奇怪的平静感袭来，仿佛这一切是发生在旁人身上的。

“开枪！”

我的耳边“嗖”地掠过什么热辣辣的东西。空气中有一股难闻的气味。一股烟从塞巴斯蒂安的枪口冒出。他一手叉着腰，双脚跺着地，大喊：“他动了！这个小杂种，他动了！”

“你说过，一人只能打一枪。”奥利弗说，“现在轮到孟格菲先生了。”

我意识到发生了什么：塞巴斯蒂安打偏了。我差点笑出来。不过，这种轻松感并没有持续多久。

“孟格菲先生，你准备好了吗？”奥利弗问。

我把皮埃尔的帽子掀起来，以免遮挡视线。然后，我学塞巴斯蒂安的样子，举起手枪，脚稳稳立在草地上，“咔嚓”一声，拉下保险栓，头歪向一侧。

“开枪！”

我瞄准塞巴斯蒂安右边的一处，努力稳住自己的手。但我还没准备好。

“开枪！”奥利弗又说了一遍。

我瞄准塞巴斯蒂安的脸。在最后一刻，却又向左偏了一英寸。我扣动扳机。枪“砰”一声响了。后坐力如此之大，我手没握住，枪重重地摔在了地上。一缕烟，在空中飘散。虽然看不清塞巴斯蒂安的表情，但我知道，他很不高兴。

“这是乱搞嘛！”他抗议道，“孟格菲先生压根儿没打算向我开枪嘛！”

他说得对，我是没这打算。硝烟消散后，我看清了他脸上愤怒的表情。我害怕自己这么做，反而让情况变得更糟糕了。

“接连两次射偏，根本是在侮辱我，”塞巴斯蒂安说，“我要求再来一轮。”

奥利弗一脸疑惑地来回看着我和塞巴斯蒂安：“但你说好一人一枪的。”

“是的，但那得是正儿八经的一枪，而非吊儿郎当的敷衍。”

假如决斗有什么规则的话，那规则就是当事人为方便自己制定的。塞巴斯蒂安已经在再次检查他的枪了。检查完毕后，他走回自己的射击点。

“我真心觉得这不是一个好主意。”奥利弗警告他说。

塞巴斯蒂安不吭声，他的眼睛闪烁着一种奇怪的明亮的蓝光。保险栓“咔嗒”拉下了。

我举起双手。“瞧，我已经向你道歉了。我不想再斗下去了。我们就不能消停一会儿……”

突然而来的一击，让我措手不及。我听见嗖嗖声。有一股力量，像拳头般砸在我脑袋上，让我头晕目眩。皮埃尔的帽子掉落到了地上。

他射中了我！

我等待自己双腿一软，瘫倒在地的那一刻。那一刻，随时都可能到来。我将躺在地上，最后一次看向天空。我将再也没机会向皮埃尔和可可道别。一切就这么到此为止了。

我小心翼翼地摸了摸自己的额头，原以为会摸到一手鲜血和脑浆。没想到，我只摸到了一个包，而且还没有出血。不过，我的腿还是吓软了。我突然感到窒息，扯下了围巾。

这一次，硝烟散尽之后，我听到一阵笑声。或许，是我想象出来的吧。我已经分不清哪些是臆想，哪些是真实了。然后，我看见塞巴斯蒂安大步向我走来。我缩起身子，怕再挨枪子。但他看着我，脸上满是惊喜的表情。

“小喜鹊！”他大喊，“真不敢相信！是你啊！”

我恍恍惚惚的，他亲切地拍拍我的肩膀，仿佛我是一位久别重逢的老友。我真不知道自己做了什么，受到如此优待。等我头脑清醒之后，我对决斗有了新的认识：决斗中，比输赢更重要的是勇气。

“你挺过了两枪啊！”塞巴斯蒂安惊呼，“两枪！佩服佩服！”

“一枪。”我提醒他，“你说过，第一枪是敷衍。所以我们只好重来一遍。”

这会儿，大家似乎都忘了刚刚的不愉快。塞巴斯蒂安一脸欣赏地看着我，把我羞得满脸通红。

“你做这一切，都是为了你的朋友孟格菲！他真是个幸运的家伙。”

“幸运不幸运，我可不知道。”我嘀咕道。

“真的。你不仅捍卫了他的名誉，也证明了自己的勇气。”

“他也没得选啊。我把他锁在房间里了。”我拽拽皮埃尔的马裤，说，“还偷走了他的衣服和帽子。”

或许是出于震惊，或许是由于我还活着这一事实，总之，我突然特别想笑，笑声如气泡般从我的喉咙里汩汩冒出。我和塞巴斯蒂安对视一眼，一起放声大笑起来。我们笑得直不起身子，扶着肋骨，仿佛不这么做，肋骨会断掉似的。等我俩笑完，平静下来，我想，我们终于可以做朋友了。

18

之后，我和塞巴斯蒂安一起往回走，穿过城市的大街小巷。清晨的阳光已经变得朦朦胧胧的了。这将是潮湿、闷热的一天。我发现，裤子远不及裙子凉快。这也再一次提醒了我，这世上，还有一些人——和小动物——是我割舍不了的。生活不只关于自己，绝非一人吃饱便了无牵挂了。

“我们要不停下来吃个早餐吧？”经过一家刚开张的小饭馆时，塞巴斯蒂安提议道。

一提起吃的，我的肚子咕咕叫起来。

“咱们还是先去找皮埃尔吧。”我想他一定也饿坏了。

我们来到昨晚借宿的面包房时，房东波蒂太太从楼上的窗口探出头，大喊：“小姐啊！谢天谢地，你终于回来了！”

不一会儿，她就来到了一楼，冲到了店门口。

“是那个男孩子。他被人带走了！”她大叫，“一个男人来找他，然后……哦……”

“什么人？”我大吃一惊。

“他们走得太快了，坐车走的……那个可怜的孩子啊——还穿着睡衣呢！”

我惭愧地看了一眼皮埃尔的马裤。

“慢慢来，不急，”塞巴斯蒂安沉着地说，“现在，请再说一遍，发生了什么。”

但波蒂太太已经泣不成声。

“是皮埃尔的爸爸吗？”我想不到还会有谁来接走他，“那男人是秃头吗？或者——不对——他也可能戴假发的。”

她只是一个劲地摇头、啜泣。

我有一种不好的感觉，这事和那个箱子有关。看来皮埃尔的感觉一直是对的，塞巴斯蒂安并没有偷箱子的打算。过去几小时，他一直和我在一起，怎么可能是他呢？

我不禁再次想起那个半道堵住我们马车的人渣。还有那挥之不去的感觉：走在巴黎的大街上时，一直有人在跟踪尾随我们。如果不是塞巴斯蒂安，又会是谁呢？

离开波蒂太太，我直奔楼上我们的房间。塞巴斯蒂安紧跟在我身后。眼前的一片狼藉，让我俩都惊呆了。

“老天啊！”塞巴斯蒂安惊呼道。

我惊得说不出话了。

门都没了——门被砸得稀烂。有一扇窗户也被砸碎了，玻璃碎成一地。床被侧翻在地，椅子被摔到了房间另一端，衣橱也被砸开了。看样子所有的东西都被迅速、粗暴地翻了一遍。

不仅皮埃尔被带走了，可可和伏尔泰也不见了，连一片羽毛都没留下。我悲伤地连连摇头。

“谁会干出这种事啊？”塞巴斯蒂安问。

我用眼角余光悄悄打量他。之前的怀疑又涌上心头。但他愤怒的样子，不像是装出来的。他的下巴因为愤怒，绷得紧紧的。

“一定是英国人，”我恨恨地说，“他们从一开始就盯着我们不放。”

不过，他们却没带走箱子。箱子还在地板上，锁被砸开了，盖子敞开着。箱子里只剩下墨渍和一只黄蜂的尸体。衬里纸也被撕了一个大口子。当然，笔记本已经被全部拿走。

我绝望地将脸埋进手心。假如英国人来的时候，我在这里的话，说不定我和皮埃尔两人可以一起将他赶走。可我走开了，不是吗？我为了自己挑起的事端，卷入了一场无谓的决斗。可怕的事实是，我让皮埃尔大大失望了，我真不配做他的朋友。

“你看起来急需休息啊。”塞巴斯蒂安说。

“不，我急需的，”我抬起头，倔强地说，“是追上皮埃尔，越快越好。”

“可我们不知道他们去哪儿了。”塞巴斯蒂安指出。

我紧紧闭上眼睛，用力想英国人到底会把一个穿着睡衣还拖着两只宠物鸟的男孩带去哪里。但我脑海中出现的唯一画面是，可可吓僵了，伏尔泰气坏了，而可怜的皮埃尔一路都在好声好气地求情，求英国人放了他。这只会适得其反。如果他们果真像波蒂太太说的那样，是乘马车走的，那么这会儿他们可能已经在任何地方了。

“他家在附近吗？”塞巴斯蒂安问，“我不想吓唬你啊，小喜鹊，不过他被绑架了，我们最好让他的父母知道这件事。”

我睁开眼睛。“凡尔赛宫——他爸爸在凡尔赛宫里。我们本来是要把这只箱子送到宫里去的。”

塞巴斯蒂安呆呆地看着地上被洗劫一空的保险箱：“你还准备带上这只箱子吗？”

“带上也没意义了，”我回答说，“他们已经拿走了想要的东西。”

他似乎想要说什么，但想想还是算了。“那就去凡尔赛宫。如果抓紧时间，还能赶在变天之前赶到。”

我看了一眼窗外，明白了他在说什么。天空已经变成了铅灰色。没有一丝风。这间狭小逼仄、满目狼藉的阁楼，越发闷热了。

“我反正不要用走的，”我说，“会淋雨的。”

“我有一匹马。”塞巴斯蒂安提议道。

我考虑了一会儿。即便到了现在，我对他还是无法完全放心。他人太好了，穿得也太光鲜了。我不懂该怎么和塞巴斯蒂安这样的人相处。回想当初，他这种人，在我眼中只是扒窃的对象。那时候，日子简单多了。

“我不会骑马。”我对他说。

他笑了，笑得那么明亮、灿烂：“但我会啊。”

我们径直来到后街塞巴斯蒂安养马的地方。我原本以为那会是一座漂亮的院子，紧邻着他家的宅子。没想到只是驿站旁边的一排简陋的马厩。整个地方靠近河边。在这大热天里，河水散发出的腐烂水果和煤油的混合气味，让我差点呕吐。在这种地方养马，真够奇怪的，尤其是塞巴斯蒂安这种有钱有身份的人。

不过，那马确实是一匹好马。它是一头高大、温驯的灰马，名叫但丁。你叫它的名字，它会竖起耳朵，发出呼哧呼哧的声音。塞巴斯蒂安动作真快。我还没反应过来，他已经给但丁装好了马鞍。我俩都坐在了马背上。叉开双腿，骑在马上，真像在劈叉。到头来，我很庆幸自己穿了裤子，而不是裙子。

我们让马一路踱步，离开巴黎。塞巴斯蒂安坐在前面，我在后边紧紧抱住他，生怕跌下来会没命。过了坑坑洼洼的城中街道，通往凡尔赛宫的大道平坦笔直，两旁栽种着白杨。路上没什么人，于是，塞巴斯蒂安扬了鞭，让但丁慢跑起来。

一开始，我太害怕了，不敢睁眼。过了一两里路，马一直跑得很平稳，我才敢放松下来。又跑了几里路之后，塞巴斯蒂安拧了拧缰绳，让但丁减速，变回踱步，然后慢步。这可怜的马儿已经满身是汗了。

塞巴斯蒂安从但丁的脖子上抡过腿，跳下马。我发现他的手反复地攥紧又松开，似乎手是僵的。

“你手受伤了？”我问。

“没有啊。”他若无其事地说，“但丁需要喘口气而已。我们还要走四五里路呢。”

我抬头看了一眼越来越暗的天空。“看样子我们是免不了淋雨了。”

果不其然，雨落了下来。雨点越来越大，砸起路面上的灰尘。天上传来滚滚雷声，但丁竖起了耳朵。我听说过，这是马受惊的表现。

“别担心，”看我抓住了马鞍，塞巴斯蒂安说，“小小雷雨，惊不到它。”

他话还没说完，一道巨大的闪电劈开了天穹。片刻之后，一声惊雷，炸得空气都颤动了。我明显感到但丁全身紧张起来。它的脑袋藏在了前腿之间。它扭动、踢踹着后腿，把我扔到了它的脖子上。当它再次抬起头，向前跳了一大步，把缰绳从塞巴斯蒂安的手中挣脱了。我没有尖叫。我已经吓得连嘴都张不开了。但丁跑开的那一瞬，我抓住一大把马鬃，紧紧夹起双腿。

“天哪，快拉缰绳！”塞巴斯蒂安大喊。

他想让我怎么操作，我完全没概念。我抓着但丁的鬃毛，不敢松手。但丁在路上左奔右突，完全失去了控制。大雨模糊了我的视线。我快从皮质的马鞍上滑下去了。我不知道该怎么办，但我快撑不住了。我感觉自己快要死了，要么吓死，要么晕死，要么坠马而死，不知道到底哪一个会先要了我的命。

六

金子

19

神奇的是，我没有死，也没有坠马。但胃已吊在了嗓子眼儿，所以我暗自庆幸，还好没吃塞巴斯蒂安提议的早餐。我们开始爬坡，但丁速度慢了下来，步子也平稳了许多。我从它的鬃毛上松开手，拉住缰绳。虽然我拉不拉缰绳也没太大区别。我们就这样走了数里路——我拉着缰绳，但丁根本不睬我的指令。然后，在路的一个拐弯处，它突然左转，冲上一条泥泞的乡间小道。原来是它发现了一丛可口诱人的青草。接着，它一个急刹，头猛的一扎，啃起草来。我顺势被甩了下来，摔到了树篱旁的土堆上。

我浑身沾满了泥土和小树枝，但还好，没缺胳膊没少腿。但丁更是脏得不成样子，简直不像灰马而像黑马了。幸运的是，我俩都没有受伤。

目之所及，全是田地和树林。我心一沉：我们肯定是彻底迷路了。怎么去找约瑟夫老爷，我心里完全没谱，更别提去追踪皮埃尔的下落了。

我使劲拽但丁的缰绳，想让它抬起头来。“别吃了，你这贪吃鬼。我们得回到大路上。”

这马完全不睬我，好像我俩之间就该如此。

“快点啦，但丁——动一动嘛！”

从树篱那边传来一阵窃笑。我转过身。空无一人——篱墙很厚——不过，后边似乎有人在动。

“这可怜的家伙，他不太擅长驭马，不是吗？”一个女人小声说。

“嘘！”另一个女人低声道，“他发现我们了。”

又是一阵窃笑。这惹恼了我。

“你们那么聪明，你们来呀！”我厉声道。

一时沉默。然后，有人哼了一声。接着，爆出一阵大笑。两位女士从篱笆后伸出了头。

“请原谅我们的无礼。”黑头发的女士说。她讲话的口气和塞巴斯蒂安一模一样，一听就是有钱人。“我觉得吧，你自己的马，你总归比我们更了解。”

“它不是我的马。”我说，“是我朋友的马，我和我朋友走散了。”

“哦，天哪。那你需要我们帮你吗？”

我不确定她是在调笑我，还是真的想要帮忙。

另一位头发金黄、面容姣好的女士用肘轻推她：“嘉柏丽尔，我们能做的可不止这点。我们请这个可怜的男孩子进来喝杯茶吧。”

我摇摇头："我没法——"

"哦，来吧！"这个叫嘉柏丽尔的女人快活得像一只小狗，"我还没有跟穷人家的男孩子喝过茶呢。我敢肯定，你也没有吧，玛丽。"

她使劲一推篱墙，一扇隐蔽的大门打开了，两个女人来到了我身边。她们穿着薄薄的白纱裙，像挤奶女工穿的那种裙子，只不过她们浑身上下干干净净的，没有一点瑕污，估计她们这辈子从没靠近过一头奶牛。

"你们不知道。"我努力解释，"我和朋友走散了——而且是两个朋友。我没工夫坐下来喝茶。"

"喝口茶的工夫，人人都有。"嘉柏丽尔坚持道。

她不管不顾地从我手中夺过缰绳，领着但丁穿过大门。它竟和羊羔一般温驯地跟着她走了。

"你不能把它带走！"我大喊，"它是别人的马！我得看住它！"但她已经跑得没影儿了。

我彻底没辙了。那个叫玛丽的金发女子挽住我的胳膊："别那么闷闷不乐嘛，我们的茶点，有三种蛋糕呢。"

我本想继续站在原地和她争辩。不过，有茶喝，有蛋糕吃，毕竟不算坏事。同时，我突然想到，这些衣裙整洁、干净的女人，可能知道去凡尔赛宫的路。于是，我跟着玛丽走了，心里盘算着，待会儿吃过蛋糕就找借口离开。

走进大门，我如同踏入了幻境。我们越过一片片美如花园的田野，又穿过了一座座魔法世界般的花园。灌木丛被修剪成飞鸟的形状，玫瑰花枝在墙壁上攀缘交错。空气中弥漫着薰衣草和薄荷的芳香。雨后，桃树和苹果树的枝条沉甸甸地低垂着。一座座雪白的石雕喷泉，在阳光中晶莹闪烁。一切都这么美丽——甚至有点太过美丽了。斑斓色彩和馥郁香气，令我头晕目眩。与此同时，我一直在努力回忆我们走过的路，怕待会儿找不到回去的路了。

我们终于来到一处茅草屋顶的农舍。就连这座小茅屋，也更像童话中洋娃娃的小屋，而不像现实世界里的房子。真是难以置信，这两个女人住在这美如仙境的地方，而巴黎的喧嚣和尘烟，就在数里之外。

嘉柏丽尔已经提前到了。她已经在小屋外搭起了一张桌子。桌上铺着雪白的桌布，摆着精美的茶具和勺子。我看见但丁被拴在栅栏上，正津津有味地嚼着草料，不禁松了一口气。这里还有另一只小动物，被人用一条粉色绸带拴在桌腿上，白毛卷卷的，好像是一只小狗。玛丽一落座，就弯腰伸手去逗它。

“坐吧。”嘉柏丽尔抽出一把椅子，让我坐下。

我坐下后，三种蛋糕被端上了桌——樱桃蛋糕、蜂蜜蛋糕和草莓奶油蛋糕。我一边吃，一边看玛丽把蛋糕掰成小块喂桌下的小狗。她和嘉柏丽尔不停地问我各种问题。她们想知道，我用过刀叉吗？识字吗？除了穿在身上的这一套衣服，还有别的衣服吗？说实话，我有点不爽。在她们眼中，我就像市场上的一头牲口似的。

轮到我提问时，我问她们回到大路，怎么走最快。

“你要去哪儿？”正想打哈欠的嘉柏丽尔捂住嘴巴问。

“去凡尔赛宫。”

她们俩交换了一个眼色。就在这时，我们左手边的灌木丛中传出了一阵动静。

“哦，不，”嘉柏丽尔小声咕哝道，“又来了。”

就这样，突然间，整个灌木丛变成了一条条挥舞乱动的胳膊和穿红色裤子的大腿。

两个男人举起宝剑，大吼大叫着向我们冲来：“离王后远点！”

我一头雾水。

嘉柏丽尔翻了个白眼：“冷静点，各位。”

“王后娘娘，这是国王的旨令。”

原来这些男人是侍卫。等我领悟了这句话的意思，我惊出一身冷汗。国王的旨令？难道这意味着，我比自己想象中离凡尔赛宫更近吗？为什么他让我离王后远点？他口中的“王后”是谁？

说话的侍卫蓄着姜黄色的大胡子。他直愣愣地瞪着我，说：“现在庄园里的任何陌生人，我们都必须逮捕，尤其疑似英国间谍的人。”

“可他只是一个遇到困难的男孩子。”嘉柏丽尔解释道。

“啊哈！”姜黄胡子说，“但我们怎么知道他是不是英国人派来的间谍？”

“我真的不是。”我紧张起来。

嘉柏丽尔咂咂嘴，说：“玛丽，你快点让他们住手，别再无理取闹了。”

玛丽清清嗓子，那些男人们便微微向她鞠了一躬。我恍然大悟：原来她就是王后。

我直直盯着她，一时忘了眨眼。

玛丽，刚刚还在为我倒茶，给我切蛋糕的玛丽，就是玛丽·安托瓦内特，法兰西的王后！

我简直不敢相信，她原来这么漂亮、这么温柔，而报纸却把她刻画成了一个贪婪的怪兽。她怎么可能和报纸上的那个女人是同一人呢？

如果我眼前的这位就是王后，那么她看上去并没有国王信中所说的那么伤心欲绝嘛。我希望这是兰斯洛特的功劳。我们送给她的礼物看来起了作用，让王后高兴了起来。不过，此刻坐在这童话般美丽的花园里，我又开始怀疑，就咱们从法国南部的乡下送来的一只脏兮兮的羊，真的能够讨得王后娘娘的欢心？

就在这时，桌下的宠物狗踩着了我的脚。

“哎哟！”我痛得大喊。

“不许动！”侍卫警告道。他猛扑过来，拿宝剑的刀尖挑开桌布。他屏住呼吸，仿佛会有一头老虎从桌下跳出来。

“看在老天的分儿上，”嘉柏丽尔不耐烦地说，“这只是一只羊，不是间谍！”

我身子前倾，想看清楚这只羊。

嘉柏丽尔轻轻一扯粉色丝带，把羊儿牵到外边，让侍卫们都好好瞧瞧。羊儿蹒跚着走出桌底，无辜地眨眨眼睛，继续嚼它的蛋糕。

我很失望地发现，它不是兰斯洛特。这只羊这么白，白得像一团云朵，飘浮在四条腿上。姜黄胡子意识到藏在桌下的不是间谍后也长舒一口气，收起宝剑。我心想，这就是开溜的绝好时机。然而，我刚刚站起身，侍卫们又“嗖”的一下拔出了剑。

“坐好，”侍卫命令道，“我和你还没完呢。”

我又沮丧地坐下，努力解释：“求求你，我得赶紧找到孟格菲先生，告诉他，他儿子出事了，他儿子被英国人强行带走了。”

王后脸上露出惊诧的表情：“是的，没错，孟格菲先生们是在凡尔赛宫里。几天后，他们会在宫里举行试飞！我们邀请了法国一半的人民前来观看！太不可思议了，不是吗？”

“就那两个没用的家伙？”嘉柏丽尔笑道，“那两位孟格菲先生能让地面上的东西飞上天？还不如说你的小羊羔会飞呢，玛丽。”

我生气地想，她可真无知。

“我在哪里可以找到孟格菲先生们？”我逼问她，“我有话要对他们说。”

但王后转而对嘉柏丽尔说：“我为了这个场合，做了整整一大衣橱的新裙子和新帽子呢。路易还不知道。我还没告诉他。”

“你个调皮鬼！”嘉柏丽尔高兴地拍着手叫道。

“亲爱的，你得帮我决定穿哪一件。”接着，王后滔滔不绝地讲起自己都有什么样的帽子、鞋子和裙子，得从中挑选、搭配。我想她肯定是忘了我们的存在，直到侍卫轻轻咳嗽了一声，礼貌地提醒她。

“如果是国王的旨令，那就把他带下去吧。”她手一摆，又继续讨论起衣服来。

我咬咬牙：现在看来，她确实像报纸上的那位玛丽·安托瓦内特，把我当不新鲜的蛋糕似的，随手就扔掉。

我来不及抗议，就被迅速拖走了。我根本跟不上侍卫的步子，脚下磕磕绊绊，心里沮丧万分。

“听我讲，好吗？我不是间谍。也不是英国人。”我一遍一遍地说。我也不是男孩子。不过，他们到现在还没看出来。

“小子，我们已经逮住你的朋友了。”姜黄胡子说，“你就别再狡辩了。”

我皱眉看向他：“朋友？”

这个侍卫喜欢卖弄权力，不肯告诉我更多。于是，我一路都在好奇，他说的“朋友”到底是谁。

20

凡尔赛宫映入我眼帘的那一刻，我的脚步慢了下来：太壮观了，我看着看着，就忘了挪步。简直无法称其为房子，就像没法叫王后“玛丽”一样——词语根本不足以形容它的宏伟壮丽。我本以为孟格菲家的宅子已经够豪华了，但和凡尔赛宫相比，完全不在一个级别上。眼前这座宫殿，奢华得令人瞠目结舌。

我们走进正门，走上一段敞阔的台阶，来到宫殿的中庭。四面的墙上，开满了窗户和金灿灿的阳台。那金光晃得我眼睛都睁不开了。我被带到宫殿后边，我猜那里应该是仆人的通道吧。孟格菲先生们肯定就在这里面的某处，我不停地告诉自己。我只需要找到他们。皮埃尔的事情，他们会知道怎么办的。我们会追查出他和两只鸟的下落，一切问题自然会得到解决。不过，在被左右各一个侍卫押着胳膊的情况下，很难保持乐观。

我们并没有进入宫殿，而是沿着宫殿外墙绕了一圈，来到一处陡直的草坡。草坡上开了一扇门。门又小又锈，和周围富丽堂皇的建筑十分不搭调。其实它根本算不上门，顶多一个洞口，还关得紧紧的。

一个侍卫开门，另一个继续押着我。一股来自地下的潮湿、阴冷的空气扑面而来。我彻底慌了。

“我不是英国人！”我已经喊了第无数次了，“带我去见孟格菲先生们，我就这一个要求！”

“省省吧，小子。”姜黄胡子钻进洞口，把我也拖了进去。为了不被绊倒，我只好跟上他。

里边是一条长长的甬道，墙壁上挂着灯笼。姜黄胡子取下一盏灯笼照明：我很快明白了为什么。再往前走，甬道变成了往下去的台阶，通向更深更暗的地底。我尽量不去想头顶的青草地，也不去想那根本不存在的门或窗。我更不愿去想天空。

下了台阶，右转，来到另一条甬道。我的心在胸口怦怦直跳。又走了几步，眼前出现了一道门。门上半部是铁条。开门的钥匙有匕首那么大。

“进去。”姜黄胡子把我推了进去。房间里充满了寒冷潮湿的泥土气息。

“你们抓错人了。”我绝望地说，“我有话要对孟格菲先生讲！”他虽然没理睬我，但至少为我留下了照明的灯笼。

门关上了。我听见钥匙在锁孔里转动的可怕声音。即使有灯笼照明，我还是看不清房间里有其他人。哪有什么朋友：这牢房里，除了我，空无一人。

我抱紧双臂，不知道该怎么办。我被困住了。

我忽然听见有什么东西正在铺着稻草的地板上走来走去。大概是老鼠吧。其他活物根本没法出入这间牢房：没有洞口，没有暗门，墙壁上也没有松动的砖块。这间牢房简直是铜墙铁壁、固若金汤。我丧气地踢着地上的稻草。

“呱！”

“啊！”我吓得连连后退。

叫声再次响起。这只可能意味着一件事。我把灯光照向声音传来的方向。突然间，我又充满了希望。

“伏尔泰？是你吗？”

一只比老鼠大得多的动物，一摇一摆地走到我脚边。我大笑着说：“还真是你啊！”

在距伏尔泰一步之遥的地方，我看见了可可。它那样子，太可怜了，头缩进翅膀里，瑟瑟发抖。

“可可，”我轻轻唤道，“别怕，是我啊。”

我抱它时，听见它那小心脏吓得扑通扑通直跳。

“嘘，没事了！”我安慰它，让它平静下来，自己却没法冷静，要是那个英国人胆敢对我的鸟动一根指头的话，我就……我就……

“当心脚下，小喜鹊！”一个疲惫的声音说。是皮埃尔。他就坐在门左边，无力地靠在墙上。我借着灯笼微弱的灯光，看见他右眼红肿着，嘴唇也裂了一个大口子。我很震惊——同时也松了一大口气——至少，他还活着，而且没缺胳膊没少腿。

“发生了什么？”我大叫着扑过去，“你怎么在这儿？”

“我只想说，有人上门拜访过我。”他想笑，却笑不出来，痛得龇牙咧嘴。

“是在巴黎的时候吗？”

他点点头。“来了一个男人——一看就不是好人，讲话带着可怕的口音。他要我交出箱子，我不肯。”

我想起那砸得稀烂的门，掀翻在地的床。可怜的皮埃尔。我当时真应该留下来陪他的。

“但那男人把箱子里的东西全拿走了？”我问。

“是的，但他还是不高兴。他本以为不用这么麻烦，还得绑架我们。他一路上都在抱怨这么多活儿让他一个人干。”

“他直接把你带这儿了吗？”

“是的。”皮埃尔坐直身子，嘴巴抽搐着说，“显然，他要来这儿和某人碰面。”

我记得赫尔吉斯子爵说过有一对英国间谍在协同作案。我又不禁想起德拉克洛瓦夫人，她在我脑海里挥之不去。我十分肯定，这事她也参与了。

“我们在门口被截下了，”皮埃尔告诉我，“那男人谎称自己是木工，直到伏尔泰嘎嘎叫了一声。”

“伏尔泰好样的！”

皮埃尔一脸得意："那男人也不太会讲法语。之后，侍卫们就对他起了疑心。"

"听起来，他们可算逮到了一个真正的英国人，"我说，"那笔记本呢？笔记本哪儿去了？"

"我不知道。我们被迅速拖走了，我脚都来不及着地。"

我知道他说的那种感觉。不过，如果能知道笔记本的下落，我会更加开心。

"至少你还活着，小喜鹊。"皮埃尔说，"我脑海里不停闪现各种画面，你被那个可恶的塞巴斯蒂安打得遍体鳞伤。"

"我不该撇下你的。这么做，太不厚道了。"我嘀咕道。我羞愧难当，不敢抬眼看他。甚至连替他决斗也不再是借口。留下他一人守着笔记本，是不可饶恕的愚蠢行为。

"你怎么找到我们的？"皮埃尔问。

"无意间找到的，"我照实说，"我们其实是来给你爸爸报信，告诉他你被人带走了，请他——"

"我们？"

"塞巴斯蒂安有一匹马。我们从巴黎骑马过来——"

"塞巴斯蒂安帮你了？"皮埃尔吃惊地打断道。

"是啊。没事的。我们已经成朋友了。"不知为何，说到这儿，我竟脸红了。

"小喜鹊，见到你真开心。"皮埃尔说。我为丢下他一人感到愧疚。当他指着我身上他的马裤时，我心中的愧疚感更是加重了十倍。"裤子，你能现在还我吗？衬衫，你可以留着。"

我立马把裤子脱下，还给了他。他的衬衫，我穿很大，衣摆垂至膝间，可以当裙子了。

换过衣服，无事可做，我们只好坐着，干巴巴地等待。不过，我的大脑对有些信息还是不太明白。它像车轮一般，嗖嗖运转着。不对，还有好多地方对不上。那个带走皮埃尔的男人为什么要来凡尔赛宫？为什么一个英国间谍会把笔记本交还给它的主人？他难道不应该尽快把它偷运到英国吗？

还有孟格菲先生们，如果无法及时拿到笔记本，他们真的记得住试飞的流程吗？他们能够让气球再次飞起吗？

我不知道。关在这不见天日的地牢里，我也没办法得知。连两只鸟也没心思你争我吵了。大家都沮丧极了。

“你觉得他们会把我们关在这里多久？”皮埃尔问。

我耸耸肩：“你告诉过他们，你叫孟格菲了？”

“没有啊，我没有。”

“什么？”我转向他，“干吗不说啊？”

“想想我们的家族名声。”皮埃尔解释道，“爸爸会很没面子的。他们会以为他是个连自己儿子都管不住的人。这还是最好的情况。最坏的情况下，他们可能把我们全家都当成间谍，包括爸爸和艾蒂安叔叔。”

“所以说，我们只能干坐等死了？”我不服气地说。这事儿越来越离谱了。

“我被抓时，正随一个英国人偷偷摸摸地试图潜入王宫。”他提醒我，“这看上去太可疑了。”

我沮气地往墙上一瘫。所以，我们是真的被困死在这里了，不是吗？我有可怕的预感，我们要在这里一直蹲下去，至少要蹲到飞行演示结束。

“真是好笑，他们竟然深信我们是间谍，不是吗？”皮埃尔沉思片刻，说，“我可连英语都不会讲啊！”

此情此景，我看不出有什么好笑的。

“他们担不起风险，一个人都不愿放过。”我草草回复一句，结束了这个话题。

此刻跟他解释德拉克洛瓦夫人和这一切是如何始于一条背街小巷里的五枚金币，也毫无意义。皮埃尔心目中的小喜鹊，是另一个女孩——我更喜欢这个女孩，而非我自己。我不想让现状改变。

我们相对无言。我闭上眼睛，希望能小憩一会儿。可可已经在我的怀里打起了呼噜。待我迷迷糊糊快要睡着时，牢房外有声音响起。两个男人在说话。我一只手肘支起身体，悄悄偷听。

“国王想看看他们哪个体重最合适。”第一个声音说。

“听起来好像他想要吃了他们似的。”第二个声音答道。

他们哈哈大笑起来。这笑声听起来让人很不舒服。

“他还是吃了他们的好，”第一个声音又说，“那机器，就算弄不死他们，估计吓也得吓死他们了。”

第二个声音哼唧一声，表示赞同：“他这是在充当上帝，让人这么去死。”

我“腾”一下坐起来。他们说的肯定是孟格菲的气球。

钥匙转动了锁孔，门打开了。我立刻拉着皮埃尔站了起来。

“抱紧伏尔泰。”我一边提醒他，一边紧紧抱住可可。谁敢再抢走我们的鸟儿，我一定口咬脚踢，毫不留情。

站在我们面前的，远不止两个侍卫。我虽然看不清到底有多少个侍卫，但牢房瞬间变小了许多。他们都提着灯。很多很多盏灯。灯光，把牢房照得亮如白昼。然后，突然间，可疑的黑影在蹿动。我连连后退。我可不要这些我看都看不清的人靠近我。

“听着，”我把手挡在身前说，“你们抓错人了。皮埃尔是孟格菲家的人，他——”

“嘘，小喜鹊！记住我跟你讲过的话！别再说了！”皮埃尔在暗处低声说。

我听见了脚步声——很多很多人的脚步声，他们踩踏着地板上的稻草，向我们走来。然后，有人抓住了我。

“皮埃尔？”我大喊，“你在哪儿？”

“快走你的，小子，”一个男人的声音在我的肩头响起，“机器可没工夫一直等下去。”

我体内的恐惧越来越强烈。我开始怀疑我听到的话，因为那个词——机器——好像不对劲儿。我们在阿诺内造的飞行器明明叫“气球”。我突然想起了另一种机器，一个医生发明的机器，一台血淋淋的杀头机器。所有报纸都曾报道过，它是如何一刀下去，便人头落地的。

21

我们被押着，走出地牢，又走进宫殿。侍卫们团团围住我们——五个在前，五个在后，两个各在左右——仿佛我们是极其危险的罪犯，他们不会放松丝毫警惕。我越过他们的肩头，通过他们的腿间，瞥见金灿灿的天花板，白花花的大理石地板，大如马车的吊灯。这地方太亮了，走进这里，就如同走进了阳光里。

侍卫们走得太快。我拖着步子，想放慢速度，他们却直接架起我的胳膊，把我抬走。太痛了。不一会儿，我就开始向他们求情，求他们把我放下，让我自己走。但他们根本不睬我。

皮埃尔在以另一种方式求情。“先生们，求你们了，”虽然他和我一样恐慌，他仍彬彬有礼地说，“这事儿闹大了，一发不可收拾了。”

我怀疑他是不是也想到了那台砍头机器。他看上去相当害怕。

侍卫们根本没在听我们说话。我们继续往前走。一会儿左转，一会儿右转，速度太快，我完全跟不上节奏，也搞不清走到哪儿了。

不一会儿，走廊开始变得大同小异——到处是黄金和大理石，丑男人和大脸女人的画像，大如炮弹的水果。我又迷茫又害怕。皮埃尔又开始痛得龇牙咧嘴了。他扶住腰。我担心他快要跟不上了。

接着，走廊越来越窄，装潢越来越简单。地板是石铺的，空气中的气味让我联想到需要清洗的夜壶。我们经过一间超大的洗碗间，有一长排水池，女工们正低头默默地刷洗着餐具。穿过一扇门，我们来到一个铺着鹅卵石的院子，虽然四面围着宫殿的墙，但这里至少空气清新，头顶还有一方蓝天。我立马感觉好些了。当然，这也是因为，侍卫们终于放开了我。

机器立在院子里。

还好，不是砍头的机器，谢天谢地。而是一台称重的机器，放在通往厨房的台阶旁。这台机器很大——差不多有一人高，还有一个突出的黄铜手柄，方便装卸重物。它和阿诺内菜市场上称粮食的机器一模一样。

“你们要称我们，还是称鸟啊？”我问。

没人回应。

我发现领头的侍卫就是那个姜黄胡子。之前，他把自己的灯留给了我，所以我心里稍稍有了希望：他至少不会伤害我们，不是吗？

“这是不是和气球试验有关？”我想知道。

姜黄胡子在我的头顶上说：“我们先称个子高的那个男孩吧。把他带过来。”

还是没人回答为什么要给我们称体重。皮埃尔上秤之前，姜黄胡子要求他交出伏尔泰。

“你敢动他的鸟试试！”我一头撞向四周的人墙。人墙太坚实，我撞上又弹了回来，跌倒在地。

“你顺便把那个黑小子的小母鸡也拿走。”姜黄胡子怒气冲冲地指着我吼道，“我们要称出它们的准确体重。”

“它是一只公鸡。”我告诉他。我欣慰地看到，可可和我一样，也不轻易服软。

“啊！”一个侍卫痛得大叫，“它竟然啄我！”

他指关节处出了不少血。不过，紧接着，另一名侍卫从我手中夺走了可可。任凭我怎么喊叫怎么踢打，他也不肯把可可还给我。

皮埃尔称完体重后，轮到我了。他们让我站着不动。这很难做到，因为我的双腿在不住地颤抖。侍卫们磨磨蹭蹭的，称了半天，不停地拨弄秤砣，还虎着张脸，好像出了什么问题似的。他们越是这样，我越是抖得厉害。

终于，称完了。结果被记录了下来。

“好了，”姜黄胡子大吼一声，“把这俩约翰牛[①]带到楼

① John Bull，约翰牛，特指英国和英国人。

上去见国王。”

侍卫们又把我们团团围住了。这次，我把两只手紧紧插进腋下，不想再像上次那样被架着走。我踮起脚尖，四处寻找可可。可我怎么也找不着它，也没看见伏尔泰。

“你还没把鸟还给我们呢。”我对姜黄胡子说。

“别管什么鸟了。国王要送上天的是你们。”他回答道。

“我们？”我不解地盯着他，不敢相信刚刚听到的话。我又看向皮埃尔，他的脸色煞白煞白的，难看极了。

姜黄胡子点点头，道：“罪犯。英国佬。国王不愿拿任何一个法兰西子民的生命冒险，但他很乐意拿你们这些英国人做试验。”

我差点笑出声来。我们，随气球一起飞上天？他没开玩笑吧？真的会这样吗？艾蒂安先生不是说过，他们不会让气球载人的吗？不正因此，约瑟夫老爷才答应继续试验吗？他们改变主意了？好吧。我突然有点晕，一切都说得通了：难怪他们要给我们称体重。

我来不及问更多问题，就被匆匆押出了院子，再次穿过那条臭烘烘的走廊。不过，这一次，我心里满是兴奋。

“你还不明白吗？”我低声对垂头丧气的皮埃尔说，“这是一件大好事！我们就要成为历史上第一个飞上天空的人啦！”

皮埃尔蔫蔫地看了我一眼：“小喜鹊，我们现在成了阶下囚。这可不是什么‘好事’。”

我一会儿觉得他是个扫兴鬼，一会儿又觉得他说得有道理。如果有机会乘气球飞行，装作英国人也划得来——不过，飞行结束后，则另当别论。

“可可和伏尔泰怎么办？”他小声说，“你就不担心它们吗？”

“我当然担心啦！”我被他这话惹恼了，虽然我也不知道我们该怎么把它们找回来。

我们又开始爬楼梯了，每往上爬一步，离我们的鸟儿就更远了。接着，拐过一个弯，我们停住了。

眼前出现了一段截然不同的楼梯。一群人从楼梯上走了下来。他们大多是男人，也有几个女人。大概有二十来号人吧，个个衣衫褴褛。他们和我们一样，被侍卫押着。

在等他们走过的空当，姜黄胡子发现了我在看他们。

“他们和你们一样——英国间谍，”他骄傲地对我说，“我们一上午都在忙着围捕他们。这地方到处都是英国间谍啊。”

我收起下巴，皱起眉头。他不是开玩笑吧，这些人不可能都是英国间谍吧——这简直太蠢了。

“照这速度下去，英国人口马上要减少一半了。”我对皮埃尔嘀咕道。

他并没有在听。他紧张得像一只受惊的猫，浑身僵硬。

“就是他。”他压低声音说。他正看向楼梯上的一个男人。一个高个子男人，长得像老鼠，脖子很长，头发绾在脑后，扎成一个马尾。

“谁？”不过，我已经猜到了：这就是那个绑架皮埃尔的男人，就是他，砸烂了箱子，掳走了我们的鸟儿。

他也看见了我们——或者说，是看见了皮埃尔——他在楼梯上犹豫了片刻。我舔舔嘴唇。他尽管来吧，我已经做好了准备。

他向我走来，皮埃尔挡在我面前，好像我需要保护似的，其实我并不需要。侍卫们漫无目的地乱转。瞬间，这里挤满了人，到处是红裤子、宝剑和人的身体。

我突然意识到，皮埃尔其实并不是在保护我。

他其实是想把什么东西给我，塞进我手里。我虽不知道那是什么东西，但迅速接了过来。就在这时，那个长脖子男人像蛇一样嗖地穿过人群，抓住皮埃尔的衣袖。

“把它给我！”他用滑稽的口音吼道。

皮埃尔往后一退。男人往前一扑，想掐住皮埃尔的喉咙。不过，他没有得手。侍卫们将他推下了楼梯。我们则被带了上去。

“呼！”皮埃尔说，“真险！”

现在，轮到我没心思听他说话了。我呆呆地盯着他刚才塞给我的东西。

22

我怎么也没想到皮埃尔竟成了贼。可是他塞进我手心的东西——一个带旋涡花纹的杏仁状东西——很沉很重，是上好的金属。我敢打赌，这玩意儿很值钱。

“你俩往前挪一挪啊！”一个侍卫喊。

皮埃尔一脸恐慌地示意我把它藏好。我倒更想让他把东西收回，不过此情此景下，我也别无选择。我假装俯身挠腿，在衬衫下摆打了一个结，把东西藏在里面。它暂时得这么待着了。

我们走上台阶，来到底楼的一个房间。这房间真大，少说也有孟格菲家的果园那么大。一开始，我没看见远远坐在房间另一端的两个人；侍卫们看见了，停下来鞠躬行礼。

皮埃尔倒吸一口气：“小喜鹊！是国王路易和王后玛丽·安托瓦内特！”

我也倒抽一口气。不过，没看见孟格菲先生们。或许，我们终究哪儿也去不了，只能回到牢房蹲着。我努力保持镇定。真的，这说起来容易做起来难，尤其是被押着去见法兰西的国王和王后。

可国王和王后根本没有注意到我们。他们正忙着争吵——听起来和平常夫妻吵架并无二致——这让他们看起来就像普通人，我紧张地咽下窃笑。

“花了多少钱？”国王说。他穿着华丽无比的盛装，戴着假发。他马甲的颜色十分鲜艳明亮。只可惜，他的脸色十分阴沉难看。

“我记不得了。”王后说。她也穿着盛装——假发、脂粉、美人痣、全副配饰。说实话，之前我在花园里遇见的她，漂亮多了。那头白得耀眼的小羊也和她在一起。小羊脖子间像牵引绳般系着一根丝带。它正轻轻啃咬着王后鞋上的纽扣。

“比你农宫的开销还要多吗？”国王凶巴巴地问。

王后嘟着嘴，说：“亲爱的路易，你该不会连几件新衣服也舍不得给我买吧？”

姜黄胡子礼貌地咳了一声。到了现在还没注意到我们，真是脑袋扎进沙桶里了。他俩继续拌嘴，完全忽略了我们。某一刻，我的目光落在了小羊身上。

它看上去很眼熟。现在，我才看清了它的模样。对的，它就是兰斯洛特！我的心高兴得突突直跳。真不敢相信，我之前竟然没有认出它。是啃咬这个动作提醒了我——它之前就是这么啃咬我的光脚丫的。

“兰斯洛特！”我用口型说，希望它能看向我这边。

它继续埋头啃咬，所以我咂咂嘴，努力发出点声响。它还是没反应，连耳朵也不动一下。它已经完全忘记我了。我虽然伤心，但也为它感到高兴。它算是过上好日子了，只可惜，可可和伏尔泰没那么走运。我们也自身难保。

国王终于转过头对我们说话时，他的脾气已经坏到了极点。

“你给我等等，别急！”他对着姜黄胡子一顿咆哮。然后，他用手杖指指我们，说：“这俩就是英国间谍？”

“是啊，陛下。”姜黄胡子仿佛在为我俩道歉，“他们是我能够找到的最佳人选了。”

我挺直腰杆，抬起下巴，双目直视前方。随便法兰西国王怎么看我，只要他把我送进气球篮子就行。

“天啦！瞧瞧他俩这个头儿！”国王暴怒道，“我敢打赌，那高个子男孩，体重都快赶上一头小马了！”

皮埃尔憋了一大口气，感到很不快。

“孟格菲说了，重量要正好四十磅。”国王说，“你没听见吗？”

“我确实——”

“他们个头还得再小点儿！”国王坚持道。

“但是，他俩已经是犯人里个头最小的了。”姜黄胡子回答道。

国王眯起眼睛，看看侍卫，又看看我们。

“那么我们就得想办法，从他们身上砍掉一截，不是吗？”他说。

姜黄胡子吓呆了：“陛下，砍？”

我也吓得不敢看皮埃尔。王后则拿扇子捂住嘴巴，偷笑起来。但国王的神情让我感觉，他是认真的。突然间，我也动摇了，不太确定，为了飞行丢了身体器官，到底值不值得。姜黄胡子被吓得磕磕巴巴地半天吐不出一个字。还好这时，我们身后的门开了。

“啊，孟格菲，你来啦！”国王对着我们身后大声道，“让我们祈祷，你带来了更好的消息。”

约瑟夫老爷匆匆忙忙走进来。我和皮埃尔转身看向他。他的假发戴歪了，手指上也墨迹斑斑。看见我，他惊呆了——愣住不动了。然而，当他看到皮埃尔时，更是吓得面无血色。也难怪了：他以为正平平安安待在阿诺内家中的儿子，现在竟满脸乌青地出现在凡尔赛宫里。

艾蒂安先生则一脸不敢相信地看着我们，眨巴着眼睛：“这到底是怎么——？”

我却很高兴看见他们——简直是高兴到想哭。不过，就在我准备奔过去拥抱他们时，皮埃尔拉住了我的衬衣下摆。

“记住我说的话，”他小声说，“我们得装作不认识爸爸。”

反正也来不及了。侍卫们拥上来，押着我们去了房间另一边。

在经过我们身边时，是艾蒂安先生与我对视了一眼。他还冲我眨眨眼，这是我完全没料到的。虽然只一次，但这给了我一线希望。

孟格菲先生们向国王行礼。国王看见他们，心情好转了，谢天谢地。不过，我还是十分焦虑，不知道这事将如何发展。

“你们决定了，想让热气球搭载活体乘客？”国王庄重地说。

“是的，陛下，我们是有此意。”艾蒂安先生以一贯的自信口吻回答道，“我们想研究高空对心脏跳动和肺部呼吸的影响。”

“这两个犯人正好派上用场，”国王说。他再次用手杖指了指我们，“虽说他们体重超过了四十磅，但是我们可以……做点调整。”

我真希望他不要再说下去。

“陛下，”艾蒂安先生继续道，“我以为，用真人试验，没有好处。至少，暂时还不行。我们还不能保证其安全……”

国王一脸惊讶。我却一点也不意外。经过皮埃尔那次事故，约瑟夫老爷一直抱着这样的观点。

“陛下，飞行试验可能出现意外，”艾蒂安先生解释道，“我们还不能完全确定，我们的设计稳固牢靠。”

我心想，这会不会和那箱丢失的笔记本也有关？看来皮埃尔一直是对的？我是不是过于乐观了，以为他们能够记住每一个细节？很有可能。

又或许，只是单纯因为气球还未做好载客准备——但我其实愿意冒险一试。

“或许，我们可以尝试用除人以外的活物？比如，一只动物？”艾蒂安先生提议道。

“一只动物？你这人怎么回事？”国王大叫道。

艾蒂安先生不慌不忙，沉着应对。这种事情，他很擅长，他可以从国家利益的角度为自己辩解。“让两名疑似英国间谍的人搭乘我们的热气球，是否明智？英国人会不会借此宣称，他们才是飞天的第一人？”

这句话击中了要害。

“嗯。”国王的目光顺着鹰钩鼻子往下看，看向我们。他的目光是冰冷的、空茫的，仿佛在决定该用哪把刀吃晚餐。

“那么，你就给我找一个替代，孟格菲，”他终于说道，“而且要快。日落之前，一切得准备完毕。”

皮埃尔的肩膀明显松了下来。我知道，他一想到要再次飞上天空，就吓得不轻。但我们飞天的机会没了，只能再回牢里蹲着了——而且没了可可和伏尔泰的陪伴——它们此刻可能已经成了盘中餐。

“最好是一只没有翅膀、不会飞的动物。”约瑟夫老爷提议道。他的目光落在了兰斯洛特身上，“比如一只羊。”

我又紧张起来。

王后马上把一只手放在她的宠物羊头上，冷冷地说："那就从乡下再抓一只羊来，孟格菲先生。别打我的羊儿的主意。"

我真想告诉她，她大可不必担心——我照顾过兰斯洛特，知道它体重还不到三十磅，至少我帮屠夫称重那次，它没有三十磅。但是国王已经在看怀表，打哈欠了。

"玛丽，我饿了，也很累，"他直言道，"咱们别再浪费时间。已经七点多了。"

"他们休想打它的主意。"王后抱起手臂、坐直身子说。

问题是，国王也相当固执。他收起表，叹口气，道："亲爱的，我帮了你，你也得帮我一次。假如你想留住你那些新裙子，我建议你对我也大方一点。"

这一说，王后的脸色才和缓了一些。她放开手臂，身体向国王靠近。

"好吧，"她嗲声嗲气地说，"不过，你得答应我，所有的报道和记录里，都得提到，王后的宠物羊是第一个飞上天空的动物。"

国王拍拍她的肩膀："当然啦，亲爱的。"

"我们还得给它取一个配得上它的高贵名字。"

我想指出，它已经有了这样一个名字，但王后有自己的主意，"一个恰当、应景点的名字。"她停下来，思索片刻，"嘉柏丽尔曾经有一只叫'蒙特夏尔'的鹦鹉。"然后，她瞥了我和皮埃尔一眼，说，"如果你俩想知道的话，'蒙特夏尔’在英语里意为‘登天’。我觉得这名字很合适。”

说着，她就把兰斯洛特——蒙特夏尔，这名字我还叫不习惯——交给了约瑟夫老爷。我难以想象，她这么轻易就把蒙特夏尔交了出去。换作是我，给我全法兰西最好的裙子，我也不会交出可可。

国王赢了，一脸得意。他伸出手臂，扶王后从座位上站起。我心想，如果国王以为他解决了重量问题，那就错了。

“陛下，一只羊的重量还不够。”在旁人未来得及阻止我之前，我脱口而出。

房间里一时可怕地安静了下来。皮埃尔踢了踢我的脚踝，警告我闭嘴。

“哎哟！”我瞪他一眼，“我说的是真的。兰斯洛特……我的意思是那只羊……它体重不到四十磅，所以……”

“陛下，”约瑟夫老爷打断了我。他听起来很紧张，声音发颤。“请放心。如果羊的体重不够，我们就再找几只动物，凑够重量。”

王后瞟了国王一眼：“还要什么动物？”

“不会再找你要了，亲爱的，”他安抚好她，又转向约瑟夫老爷，“你想要什么样的动物？”

“和羊差不多的，不会自己飞的动物——比如，一只鸡。”约瑟夫老爷回答道。

国王点点头：“孟格菲，你需要什么就拿去。重要的是把这个问题解决好。”然后，他对着姜黄胡子一挥胳膊，说：

“你给我确保这两位什么都不缺。他们提出什么要求——任何要求——你都给我照办。这是命令！”

最后那个词，他是吼出来的。所有人都吓了一跳。不过，皮埃尔却向我投来了一个充满希望的眼神。我知道，他和我想的一样——伏尔泰和可可。只要现在，还为时不晚。

23

即使国王走了之后，孟格菲先生们依然假装不认识我们——没有目光接触，没有拥抱，也没有“你们怎么在这儿”之类的话。他们行事谨慎，要等到飞行试验结束，才会与我们相认，所以我们也必须配合；皮埃尔一直拽着我的衬衣下摆，提醒我不要贸然行事。

与此同时，姜黄胡子急切地想尽快把事情落实。“请由我带你们去厨房吧，”他对孟格菲先生们说，“我们会好好称出这只羊的体重，再给你们找几只家禽，好吗？”

“家禽得是活的，”在他们离开房间时，艾蒂安先生提醒姜黄胡子，“而且要健康的。别拿半死不活的糊弄我们。”

我抓住机会。“孟格菲先生，如果你们在厨房里看见了一只橘黄色的大公鸡和一只白色的鸭子，请一定要用它们。”

艾蒂安先生停下来，挑起一根眉毛。约瑟夫老爷也回头看向身后，他的目光一会儿落在皮埃尔身上，一会儿又落在我身上。那目光只是匆匆一瞥，之后的点头更是简短。我但愿他理解了我的意思。

他们走出了国王的议政厅，门也在他们身后关上了。现在，无事可做了。热气球飞行试验将如期举行，国王将龙颜大悦，孟格菲先生们也将名垂史册。

我尽量往好的方面想。

明日此时，当一切圆满结束时，孟格菲先生们便会告诉大家我俩的真实身份，我们便会从腐烂的地牢里被释放出来。直到那时，我们必须耐心等待。我已经开始脚尖点地、咬牙切齿，因为等待的过程是最煎熬的。

现在，换了一个小眼睛的侍卫负责看押我们。过去的几分钟里，他站在门外的过道上，和姜黄胡子、孟格菲先生们交谈。现在，他回到房间，高兴地搓搓手，说："好了，你们两个。我已经得到命令，知道该把你们往哪儿带了。还得把你们关起来，走吧。"

想到眼前要挨过的漫漫黑暗时光，我的心情又一下子变得低沉了。更残酷的是，明知道头顶的天空上气球在飞，而我们却一眼也瞅不到。

"看吧。"我们往楼梯走时，我对皮埃尔说。

然而，侍卫们并没有押着我们往地牢去，而是朝楼上爬。我完全摸不着头脑了。

"我们要去哪儿？"我问了不止一次。皮埃尔也不停在问，但和之前一样，没人理睬我们。

我们爬啊爬，来到了顶层的阁楼。这里很闷热，和地牢一样不透气。但至少落日余晖仍透过窗户照了进来。

我们走过一条长长窄窄的过道，终于在尽头的一道房门前停了下来。小眼睛侍卫一边吹着口哨，一边在一串钥匙里翻找。终于，他找到了房门的钥匙。这房间以前大概是用人住的。天花板很低，到处灰扑扑的，有一张床和一个存放衣服的大衣箱；这地儿不错了，我以前过夜的地方，比这儿条件恶劣得多。

“你们啊，还真是地位得到了提高。”侍卫一边给我们带路，一边评论道。

我顿时一惊，他终于开口跟我们说话了，而且语气还算友好。在我们身后，其他侍卫们在过道里等着。我注意到他们的手也不再按着宝剑了。他们放松地站着，背靠着墙。整个气氛也不大一样了，几乎是轻松的。我看看皮埃尔，他耸耸肩：我们俩都搞不懂到底发生了什么。

“为什么我们被移到了这里？”我问。

侍卫仔细打量我。“告诉你也无妨，”他疲惫地叹口气道，“孟格菲先生要求的。他说把小孩子关进地牢是不对的。他想要怎样，我们就得照办。你也听见了，国王亲口说的。”

“哦。”我看着皮埃尔的眼睛，笑了。不过，他并没有对我笑。

“你们在这儿待着啊，再给自己找身体面的衣服穿上。”侍卫对我说，“孟格菲先生看见你这身打扮，都震惊了。你从那边的衣箱里找一件裙子穿上。”

“裙子？”突然被人这么提醒，我心里咯噔了一下。这侍卫眼力不错，因为我头发很短，浑身脏兮兮的，根本不像女孩子。

不过，我想我明白了。这就是约瑟夫老爷处理此事的方式，他悄悄地说他认识我们，确保我们在飞行试验结束之前平安无事。我很高兴。

不过，皮埃尔似乎还在生气。侍卫们走后，我很快发现了是什么困扰着他。

“你怎么可以就这么把我们的宠物给了爸爸。”他大喊，“如果那气球对人来说不安全，那么它对伏尔泰也很危险！”

“好了！冷静！”我意外地举起手来。

“我是认真的，小喜鹊。你最应该清楚气球很可能坠落。上次发生在你身上的情况还不够糟糕吗——想象一下，换作伏尔泰，或可可，或兰斯洛特，那么严重的伤势，它们肯定会没命的！”

“别胡闹，”我不喜欢他说话的口气，虽然知道他说得有理，“气球不会坠落的，它们不会有事的。”

“你怎么知道？你敢肯定吗？”

我狠狠瞪了他一眼。“它们在厨房里，肯定活不过一夜。至少，我给了它们一线生机。”

我俩都气呼呼的。当我想皮埃尔可能理解了我的苦心时，他果然对我说，“别太得意了，小喜鹊。完事之后，我们还得应对我爸爸和叔叔。”

“那是你的事儿，”我提醒他，“离家出走的是你。他们又不是我的家人。”

他看向我，脸上露出了一个我难以读懂的表情。

后来，有人给我们送来了晚饭——侍卫从门缝踢进来一个盘子，上面放着面包和浓汤。

我们把盘子舔得一干二净。吃完后，我对皮埃尔说：“你睡床吧，我睡地板。”虽然我俩不吵架了，但空气中还残留着紧张的气氛。我努力讨好他。

“谢谢啦。”皮埃尔一头倒在床上，顿时灰尘四起，我俩都被呛得咳嗽起来。房间里只有一扇窗户——屋檐上开了一扇小小的窗——我根本没指望它能打开。但我使劲一推，它居然开了。在我推窗时，有什么尖锐的东西扎了一下我的大腿。

“哎哟！”原来是皮埃尔在楼梯上塞给我的那块金子打造的玩意儿。事情太多了，我完全忘了它的存在。窗户打开之后，我开始着手解开之前打在衣摆上的那个结。

皮埃尔支起一条胳膊，密切关注着我的一举一动。“我想，我最好告诉你这枚胸针的来历，不是吗？”

我把那玩意儿托在掌心，终于看清了，这确实是一枚胸针。类似杏仁的形状，其实是羽毛状，上面的做工精细到可以看清每一根线条、每一处细节。我把它翻过来转过去地看，金子在落日余晖中闪闪发光。我在整个小偷生涯中，从未见过这么漂亮的物件。我看得拔不出眼了。

“太……美了。”我说，因为除了“美”实在找不出更好的形容词了。“从哪儿搞来的？”我停顿了一下，惊慌地抬起头，“该不会是你偷来的吧？哦，皮埃尔，千万别告诉我，是你偷来的！”

“不，不是我偷的，”他坦白道，“除了笔记本，那个英国人还惦记着箱子里的其他东西，一件藏得很隐蔽的东西。不过，被我抢先一步。”

我皱起眉头：“藏得很隐蔽，是什么意思？”

“他在检查箱子的内衬。我看见他这么做。然后，他听见楼下有人在走动，就跑去门口聆听，我就……”

“你就趁机找到了这枚胸针，把它藏进了口袋里。”我猜了出来，替他把话说完，“那它一定是你父亲的，既然它藏在他的文件、笔记之中？”

“我想应该是的，”皮埃尔同意道，“虽然我之前从未听他提起过，也没见我妈戴过。”

我渴望地看着那枚胸针。“它一定很值钱。那英国人可能是想把它卖了换钱。”

“或许吧。”他口气不确定。

“要不然呢？”

皮埃尔端正地坐起来：“那英国人发现找不到胸针后，整个人突然失控了，简直跟疯了似的！”

我想起我看到的那个惨不忍睹的房间，椅子被翻倒在地，箱子被砸得稀烂。

“小喜鹊，我知道这话听起来很不可思议。但那个胸针对于他而言，仿佛比笔记本更重要。他当时失控到差点儿忘了捡起落在地上的笔记本。”

“不过，他就是一名间谍，不是吗？这王宫里有好多间谍，我们之前在楼梯上碰到过的。”不过，说实话，我也不知道该做何感想了。或许，那男人只是被这件漂亮的珠宝给迷了眼。这金子做的玩意儿确实诱人。

“小喜鹊，你把这胸针戴上吧。”皮埃尔突然说，“快点啦。我看得出来，你喜欢它。”

我歪头一笑。“真的吗？我可以吗？”然后，我又想，有何不可呢？戴上我又不亏。

但首先我得找一件像样的衣服。

我遵照侍卫的建议，在衣箱里翻找。衣箱里全是僵硬的陈年旧衣和满满的灰尘。最合身的是一件蓝色棉布裙子。它一定在衣箱里躺了很久了，因为我们发现有老鼠在上面搭了窝。不过，我把它穿在一件旧夹克里面，再抖平展之后，倒也看得过去。把那枚金光闪闪的羽毛胸针别在胸口之后，更是像模像样了。

“瞧！”我对皮埃尔说，“怎么样？”

“就好像为你量身定做的一样。”他微笑着说。说完，他就在床上躺下，沉沉地闭上了眼皮。

这枚胸针给这素净的棉布裙子增添了亮色，也让我的心情顿时变得亮堂了。我能够穿戴这么漂亮、可爱的饰品，而且，平生第一次，不用去考虑它值多少钱，该卖给谁。突然间，我感到一丝晕眩，这感觉真棒，仿佛我的双脚马上就要离开地面了。

好好享受吧，我告诉自己，因为这应该是我能够体验到的最接近飞行的感觉了。

24

我在黎明前醒来，浑身又冷又僵硬。这地板不是我睡过的最舒服的。而且，我也不习惯睡觉时怀里没有可可的陪伴。我很想念可可。我敢打赌，皮埃尔也同样想念伏尔泰，虽然此时此刻他还睡得酣沉。我记起今天要发生的事情，心情激动难耐。

我瞬间清醒了，从地上一骨碌爬起来。窗户彻夜敞开着。此刻，一阵烟味浓重的风从窗外刮了进来。我急切地踮起脚，趴在窗前张望。这是一个美丽的清晨。天气晴朗——碧空如洗，阳光明媚，我不禁热血沸腾。

经过昨天的围捕，我不信这世上还有英国间谍，会来捣乱、搞破坏了。所以，气球升空前的这几小时，我准备好好享受。毕竟，我们这个房间，景色很不错，可以一览无遗地观看天空。

我告诉自己，我们的小动物们会没事的。飞上天空，肯定强过被屠夫宰杀。

我抓住窗框，爬上了屋顶，还好我不怕高。屋顶离地面至少有六十英尺，上面并不平坦。屋脊上布满排水沟、集水口，以及像蟾蜍眼睛一样凸出的阁楼通风窗。这上面简直像一个施了魔法的秘密天地，我们能看见一切，却没人能发现我们。

我往下看去。

我们的窗口正对着宫殿的中庭。我不敢相信我们的运气。从这里，我甚至能看见可可和伏尔泰被带出来准备试飞。我们就算费尽心思，也找不出比这更好的位置。

“皮埃尔！”我回头喊，“快过来！这上面太棒了！”

时间还早，但中庭里的准备工作已经进行得热火朝天了。仆人们端着托盘忙进忙出，男人们踩着梯子悬挂彩旗和鲜花。喷泉周围摆放了上千张座椅。

“皮埃尔！”我又喊了一次，“快起来看咯，不然你看不到伏尔泰了！”

人们已经陆陆续续来了。有乘马车来的，有步行前来的。车道上，行人、车辆排起了长龙。今天的盛况空前，可不是阿诺内露天市场的那次试飞能比的。

气球可一定得飞起来啊。

不过，我突然间产生了一个可怕的想法：试验会出差错。火势可能蔓延。气球可能坠落，砸向人群。又或者，万一气球压根儿飞不起来，孟格菲先生成了全法国人民的笑柄呢？如果试验失败，有成千上万双眼睛盯着呢。消息瞬间就会登上所有的报纸，传遍全国。

这么想，一点好处也没有。我深吸一口气。英国间谍和被盗的笔记本，也破坏不了今天这大好日子。即便如此，我还是迅速扫视了一遍人群，在一片夏日连衣裙和灰色假发中，寻找那个女人。她若在，一定像乌鸦一样，引人注目，与周围格格不入。

我身后，传来一阵抓扒声和一声嘟囔，是皮埃尔。他终于醒了，从窗口探出脑袋。我拍拍身边的位置，示意他爬上来。可是，他缩在后边，死活不肯，生怕没命似的，紧紧抓住窗框。

“没门儿，”他说，“我才不要坐在那么危险的地方。即便是为了伏尔泰，我也不要。”

“你待在那里，什么也看不到的。”我伸出手，请求道。

不过，他不肯拉住我的手，甚至连动都不敢动。待在窗口，他已经吓得脸色发绿了。

“哦，来吧。”

他突然打断我：“神圣蓝色！”

我吓了一跳：“什么情况？”

他指给我看，仍不肯把手从窗框上松开。但我顺着他的目光看过去，看见了房子远处，中庭另一边的一个地方。那个方向，有一排烟囱，挡住了我的视线。但我站起来，便看得一清二楚了。

一开始，我还以为那边的草地怎么了。草不是绿的，而是鲜蓝色的。草地上还有金黄色的图案。那块奇怪的草地，从中庭的边缘一直延伸到花园的台阶上。

然后，我恍然大悟："哦……我的天……"

"是的，"皮埃尔接过我的话，"不可思议吧？"

我们所看到的是制作完成的气球，平摊在地上，等待填充气体。怪不得国王雇了那么多人来帮工。这个气球，真大啊。颜色也和孟格菲先生的那个不一样，是国王御用的天蓝色和金黄色。每一寸表面都绣满了叶子、小天使和丝带的图案。它让我联想起昨日我们觐见国王的房间：四面墙上壁纸的图案，和这个气球上的图案一模一样。说实话，它真是一件艺术品。

"想象一下它在天上会有多好看！"皮埃尔的语气变得兴奋了。我反而担心起来，这么大一个气球，要想飞上天，得生多大一堆火啊。之前，我们就犯过类似的错误。如果气球太早掉下来，那就意味着试验失败。如果它跌落得太急，气球上的乘客们就有了生命危险。我不敢把这告诉皮埃尔。

我往前挪了挪，想看得更清楚。下面确实有一堆火——可我也只能看见——闻到——这么多。我之前闻到的烟味，就是从火堆飘过来的。目前看来，火烧得还不错。但火势需要一直保持下去。

"但愿他们准备了足够的燃料。"我焦虑地嘀咕道。

皮埃尔冲着火堆左边点点头："你还没看到他们的柴堆吧？"

现在，我看到了。

那简直不是柴堆，而是一座柴山。即便如此，怀抱柴火的仆人和满载废料（篱柱、烂草、破旧的皮坐垫）的手推车，仍往来不绝。我们在阿诺内那次试验中学到，无论什么，都可以拿来烧。看他们采纳了这条经验，我稍稍放心了。

中庭传来喝彩声、鼓掌声和鼎沸的人声。我激动地推推皮埃尔，皮埃尔也嬉笑着推推我。过了一会儿，我们看见了孟格菲先生们，明白了现场气氛为何突然变得如此热烈。他们正从庭院远处向我们这一侧的宫殿走来。他们昂首挺胸，下巴高高抬起。他们看起来和往常大不一样了——更加勇敢，更加坚定。“就像即将赶赴战场的勇士。”我低声对皮埃尔说。看得出来，他很喜欢我这个比喻。

孟格菲先生们在火堆旁停了下来。他们摇摇头，下达了命令。我和皮埃尔伸长脖子观望。约瑟夫老爷穿了一身蓝色、金色相间的外套。那衣服显然太紧了。他手里还拿着一张纸片。他不停地在查看那张纸片。到头来，他还是没指望上那些笔记本。不过，话又说回来，他向来不喜欢记笔记。这样也挺好的。

艾蒂安先生，还是那么爱表现。他绕着气球走来走去，双手背在身后，像傍晚在自家院子里散步似的。每走几步，他便停下来检查一下细节。侍卫、仆人、大人物们，都跟在他身后，认真听着他说的每一句话。我们也一样。我们虽然听不见他说的话，但依然屏住呼吸，在观望着他的一举一动。

终于，他的脸上露出了满意之色。

他朝约瑟夫老爷点点头。更多的仆人拥了上来，给气球系上绳子。我们可以明显感觉到空气中的紧张气氛。我多么希望此刻我也在下面，经历着这一切，一定比现在这样干看着帮不上忙好受。我躁动不安地踢着脚，一会儿拽拽裙子，一会儿摸摸还别在胸口的胸针，真希望这一切能快点开始。

两名仆人从宫殿走出来，肩上扛着一只巨大的柳条筐。

“那是做什么的？”皮埃尔问。

“应该是装动物的吧。”我回答道。这下子，我又开始紧张了。因为我们每次要把什么东西拴到气球底部时，总会出岔子。不过，我还是不要把这个事实讲给皮埃尔听为好。

接下来，热气球的乘客们出场了。

人们纷纷退后，给它们让路，还鼓掌、欢呼、摇旗助威。我首先看到的是兰斯洛特。姜黄胡子将它领向气球。它鼻部高高翘起，俨然已经把自己当成了大明星。我可以看出，它很享受人们的关注。

紧随其后的是搬着板条箱的仆人们。我看见其中一个箱子关有一只橘黄色的鸟。那只鸟，正一动不动地趴在箱底，是可可。我为它感到一阵揪心的疼。

“一路顺风，我的小王子。”我低声说。

装在可可后边那只箱子里的是伏尔泰。不过，看样子，它不太对劲儿。箱子里传出一阵阵可怕的刺耳叫声。我从没听它这么叫过。即使在屋顶上，我也听得一清二楚。皮埃尔也听到了。他突然变得特别紧张，也特别安静。

“它一会儿就没事了，”我赶紧说，“可能只是人群的吵闹声吓着它了。”

但我们都知道，伏尔泰是一只勇敢、高傲的鸭子。受惊吓的应该是可可，而不是它。

皮埃尔颤颤巍巍地从窗户爬了出来，来到屋顶。

“快过来坐下吧。”我拍拍身边的位置说。他让我感到紧张。

“伏尔泰害怕了。你听听它的声音。我不能离开它！”皮埃尔大喊。他心神不宁地挥动着胳膊，站得更加不稳了。

“好吧。”我尽力保持冷静，“那我们……我们就……千万别做傻事！”

然而，我话还没说出口，他的腿已经伸出了屋顶边沿。

25

他前一秒还在那里。下一秒，就消失不见了。我呆呆愣在原地，害怕极了。我脑海里闪现出一幅骇人的画面：皮埃尔坠地后，摔成了一摊恶心的肉泥。但我并没有听见下边有人尖叫。终于，我说服自己，鼓起勇气看了一眼。

我在人群中看见了皮埃尔满头鬈发的脑袋。我松了一口气，腿也一下子软了。他还直立着，还能走动，正努力地往前推挤。不过，挤了半天，也没多大进展。伏尔泰的板条箱还在几百码之外：箱子里，可怕的叫声仍在持续。

我也得跳下去，助皮埃尔一臂之力。我们合力向前推，才有可能及时赶到，救下伏尔泰，并安抚它，让它不再发出那么可怕的声音。我的右手边，有一段排水管道，正好可以顺着往下滑。我猜，皮埃尔采取的就是这个办法。这种时候，我只恨自己穿的不是裤子。我只好撩起裙子，学皮埃尔的样子，顺着管道滑了下去。

这就像跳入了一条迅速流动的河。我脚尖抵地的那一瞬，便被人流裹挟着往反方向去了。我几乎快要被挤到中庭的另一端了。我连站稳都困难，也顾不上帮皮埃尔的忙了，甚至连皮埃尔的人都快看不见了。

但是，人们还在络绎不绝地涌入。仆人们端着一盘盘气球形状的饼干，逆人潮而行。在高处，在宫殿的阳台上，公爵、公爵夫人和其他大人物们聚集在一起。一片雪白的假发和摇动的扇子——那画面，就像一大群白鸽，在扑棱着翅膀。

站在阳台正中央的是国王本人，站在他身边的是王后。她穿着我这辈子见过的最令人目瞪口呆的衣服。那身衣服，全是鲜艳的蓝色和耀眼的金色——看样子是纯金的，和我戴的胸针一样。单单是她的裙摆，就占据了大半个阳台。至于她的假发——我的天！——它高高耸立在她的头顶，宛如一片雷雨云，上面还缀着一个迷你的蓝金色气球。嘉柏丽尔站在王后身边，有说有笑，也戴着一顶一模一样的假发，只不过比王后的小一号。即便如此，她转头时，那高耸的假发，依然会微微颤动。

这就是时尚，我猜人们会说。不过，我想起了王后是怎样向国王讨要这身衣服的。我可不会为了这么一套衣服，就拱手让出兰斯洛特。

运气来了，人潮开始往反方向移动。人们凑近火堆观看。我使出全身力气，终于挤到了人群最前边。

再往前一二十步，就是咱们的气球了。它不再平铺于地面上，而是渐渐飘起，渐渐鼓满了空气。我越过人头，在人们的一片惊叹声中，瞥见了气球上绣的金叶子、蝴蝶结和旋涡。太漂亮了！我不禁绽开了一个大大的笑容。奇迹时刻就要到来了。

靠近热气球的地方，乱哄哄的。人们大叫大嚷，你推我搡。火堆热气逼人。侍卫命令围观人群后退。在这一片混乱中，伏尔泰仍在高声抱怨着。然后，传来艾蒂安先生的声音：

“那只鸭子到底是怎么回事？”

或许是因为所有人都被迫往后退去，我在人群中瞅见了一道缝，于是立即用胳膊肘一挡，钻了过去。不过，左右两边的人不断拉扯着我，拖拽着我，吵吵嚷嚷的，有人还误扇了我一耳光。

待我终于从人堆里钻了出来、想透口气的时候，却发现离火太近，热浪逼得我根本透不过气来。热气穿透我的衣裙，灼烧着我的皮肤。我已经站在火堆旁了，可还是不见皮埃尔的踪影。只见侍卫、仆人和围观的人们东奔西跑，做着最后的检查。还有艾蒂安先生。他看见我时，气坏了。

“怎么搞的？你不能出现在这儿！”他大喊。

“但是皮埃尔他……”我结结巴巴地说，“是伏尔泰……”

他不管不顾地继续怒斥道：“小喜鹊，这次试飞可不是儿戏。可不是你们在老家果园里的小试验。”

“没有我们的‘小试验’，”我顶嘴道，“咱们今天也不可能站在这里！”

我们还未来得及说下去，约瑟夫老爷出现了，递给我一截绳子。我看得出来，他也很生气，不过，是暗自生气，没表现出来而已。

“我不想听你的借口，”他说，“现在，照我说的，拿起这根绳子！”

我点点头。我想帮忙，真的很想。可是我也很担心皮埃尔。这下好了，手里拿着绳子，一动不动地站在这里，更不可能找到他了。

凡尔赛宫的大钟整点敲响。接着，鸣放了礼炮。巨响震得我脚底发麻。人群爆发出兴奋的叫喊。数到三，气球飘得更高了，绳子也绷得更紧了。在我们头顶上空，气球越胀越大，大到遮蔽了天空。火堆又添了一次柴，又一阵热浪袭来。我知道，起飞，是分秒之内的事儿了。

“绳子拉紧了啊。”艾蒂安先生大喊着，仿佛我们在对付一匹受惊的马儿。

人群又发出一阵惊叹。气球在我们头顶上，升得更高，胀得更大了。它缓缓地，懒洋洋地调正了姿势，只待起飞。现在，只差系上装载乘客的篮子。这次，那篮子要不止两名仆人才搬得动了。我猜乘客们已经就位了。

“注意身后！”我们退到一边，给他们让路时，一名仆人喊道。

篮子经过我们身边时，我闻到了羊毛的气味。伏尔泰仍在篮子里嘎嘎叫着。看来皮埃尔还是没能在最后时刻救下他。不过，谢天谢地，它的声音比之前冷静多了，恢复到了它平常的状态。我也听见了可可的声音，那熟悉的咯咯声，就像一个人在清嗓子。我真想拍拍篮子，祝它好运。但我的两只手上都拿着绳子。艾蒂安先生大吼一声："后退，等待信号！"篮子被递过去，拴在了气球上。

我的胳膊开始酸痛。叫喊声更大了。跑来跑去的人更多了。周围的一切都发生得太快了。礼炮第二次鸣响：这，就是起飞的信号。

"是时候放开绳子了！"艾蒂安先生大喊，"现在，慢慢来！"

我们一开始只放了几英寸。接着，再放开几英寸。地上的一大团绳子，迅速散开了。气球的拉力越来越大，我们快要拉不住手中剩下的绳子了。

突然，人群又起了一阵骚动。一个女人挤到了最前面。她大喊大叫着，挥动着双臂。看见她，我顿时脊背发凉。她确实像乌鸦般，在人群中格外引人注目。

"住手！"德拉克洛瓦夫人大喊，"我说了！快住手！"

她迟了一步。飞行试验，一触即发，她拦也拦不住了。这时，她看见了我。她停止了叫喊，死死盯住我，那目光似乎要剥掉我的皮，剜下我的肉。

"你个小贼！"德拉克洛瓦夫人向我啐了一口。

这其实算不上什么侮辱。但她的语气如此恶毒，我有点怕怕的。不过，她的目光却聚焦在我的身后，紧逼着孟格菲先生们。艾蒂安先生皱起眉头，连连后退。约瑟夫老爷也彻底蒙了。

“听我说，艾蒂安。还有你，约瑟夫。”她说，“照我说的做，我就把笔记本还给你们。我会走得远远的，你们可以当作什么事也没发生。”

我舔舔嘴唇。她手里拿着一样东西。她站得离火这么近，还戴着那副手套，一定很热吧。

艾蒂安先生扑向了她。一道银光，在我眼前闪过。

“小心！”约瑟夫老爷大喊，“她手里有刀。”

她高高举起利刃，又倏然放下。一阵风在我耳畔飕飕而过。我还未反应过来，便被一把冰冷、尖利的刀抵住了脖子。

26

“往后退！”德拉克洛瓦夫人龇牙咧嘴地吼着，活像一条猎狗，紧咬着死兔子不放，“你们都别过来！”

她抓住我不放：胳膊死死抱住我的肩膀，利刃抵住我的喉头。我根本动弹不得。而且我手里还握着那该死的气球绳子。那绳子越绷越紧，扯得我的胳膊钻心地疼。我不确定自己还能坚持多久。

艾蒂安先生再次尝试从她手中夺过武器。

“我警告你，”她说，并向他挥了挥手中的刀子，“别逼我用它。”

这下我看见了这把刀——真是件可怕的大家伙，有好几英尺长，纯银打造的。一定是她从某个粗心大意的侍卫身上偷来的。艾蒂安先生举起双手，表示投降。“别闹了，卡米尔。我不知道你想要什么，但你这么闹下去也不是办法。”

卡米尔。艾蒂安。直呼其名。原来他们互相认识啊？

我彻底蒙了。她不是一直在为敌人做事吗？她不是想卖了那些图纸，好让某个英国发明家抢占先机吗？

我还以为她只是为了名和利呢——当然，这可是会让人为之疯狂的大名和重利。

不过，既然他们相互直呼名字，那就说明这是私事。德拉克洛瓦夫人——卡米尔——却不曾花费时间和我提起过。

“算你走运，”她继续道，“弄出了这么一个发明，你的名字要载入史册了。你要成为法国家喻户晓的人物了，不是吗？”

“如果试验没法继续，一切都白搭。”艾蒂安先生指出。

离我们最近的人目睹了一切，他们目瞪口呆，安静地站着。但后面的人，却越来越骚动不安。有人大喊：“快点！还在等什么呢？”人群中爆发出一片赞同的欢呼。

“放下武器吧。”艾蒂安先生请求道。他已经满头是汗了。“你想要什么，我们之后可以商谈。但现在不是时候，国王还在等着呢。”

我的胳膊已经失去了知觉。其他拉绳子的人也开始抱怨了，但卡米尔依然不慌不忙。

“我的一生都活在你的阴影中，”她说，“你受人关注，受过教育，还有机会成就一番大事。我有什么？”

艾蒂安先生打断道：“卡米尔，别说了——”

“我有的，”她继续说，声音高亢、紧绷，“只是母亲的爱。她曾经给过我美好的许诺。可到头来，你已经拥有了这么多，还要把我仅有的东西抢走。”

她滔滔不绝，情绪激昂。她一定是疯了。但我看向蒙哥尔费时，却发现他俩表情诡诈，我一时也不那么确定了。刀尖又抵住我的喉咙了，按压得也更紧了。她也满头大汗了——我们都是——因为火苗蹿得更高，火烧得更旺了。

那绳子我再也拉不住了。

我一松手，气球便往上升去——不过，只是一角上升，整个儿却失去了平衡。

“小心！它要栽下来了！”有人大喊。突然间，所有人又开始大喊大叫，左冲右奔了。人流冲向我们，冲向卡米尔。她一惊之下，刀从手中滑落——至少，我猜是这样。我感到刀沿着我的喉咙划下，不觉惊恐万分。

“放开我！”我尖叫起来。

但她还是死死拽着我的胳膊不放。她的脸，离我很近，因仇恨而紧绷着。

“一朝为贼，永生是贼！”她低声嘶吼，“但我就让你做不成贼。把我的胸针还给我。”

她的唾沫喷在了我脸上。我也用力啐了她一口。又撕又咬。只要能脱身，我什么招数都使上了。这时，我感到胸针被她用力一扯，裙子胸口处被撕掉了一块布。她这才猛地放开我。我失去平衡，往后跌去。

我撞在了装载乘客们的篮子上。篮子滚落地上，险些落进火堆。我听见篮子里传来敲打声和咯咯声。可怜的动物们！我得赶在篮子着火前，把它们救出来。

我的胳膊已经搭上了篮子边沿。这时，艾蒂安先生大喊一声，让我走开。

我没理睬他。我一蹬地，一条腿跨了进去。拉绳子的人们都坚持不住了。很快，他们一个个地松了手，篮子开始迅速上升。

有那么漫长难挨的一瞬，我被卡住了。一条腿在篮子里，一条腿在篮子外。我的心提到了嗓子眼儿。就在我支撑不住，往地面滑去时，一只手拉住了我的衣裙。一只有力的手。我一下子被拽进了篮筐里。

“怎么——？”我大喊。

我重重地摔在了兰斯洛特脚边。它被拴在篮筐的一侧，正在享用一堆青草。我也看见了那两只装鸟的箱子，可可和伏尔泰还被关在里面。皮埃尔坐在箱子前，手指紧紧扣住铁栏，看样子快要吐了。

“说实话，小喜鹊，我也是万不得已，这是让伏尔泰平静下来的唯一办法了。”他努力解释道。

我爬过去，在他身边坐下，随口调笑他：“在这儿见到你，真是万万没想到啊。我还以为你不喜欢飞行呢。”

“我是不喜欢飞行，”他回答道，“你在我眼前晃来晃去的，我更加不舒服了。”

可怜的皮埃尔。他做这一切，都是为了伏尔泰。我不禁心疼起他来。如果我有办法把他俩平平安安送回地面，我定会这么做的。但拴气球的绳子已经松塌塌地悬空了。气球已经起飞了。

我一动不动地静坐着。待起飞阶段的颠簸过去，我握住皮埃尔的手。他的手冰凉、黏湿，就像那天他被绳子缠住了腰，意外地被拽上了天。不过，这次不一样了。这次，我俩一起坐在篮子里，头顶上的气球，热气充足。更重要的是法国国王正看着我们呢。我从过去几分钟的惊险恐惧中回过神来，开心地笑了。

“你可能不相信我，”我告诉皮埃尔，“但你会非常享受的。”

“别傻了，小喜鹊。我都快吐了。”他还真跑到篮子边沿，大口大口地吐了起来。

等他吐完，我打开关鸟的板条箱。再次见到可可，真好。它依偎在我怀里，就像什么也没发生似的。兰斯洛特也跑过来，偎在我身边。它叉开腿，保持平衡，用鼻子顶顶我的脚，似乎终于认出了我。它对着可可，轻柔地呼吸。甚至连伏尔泰，也恢复了平日高傲的模样。

“真不知道你在担心什么，”我对可可说，“你是我们当中唯一一个会飞的。就算气球坠落，你也会没事的。”

“闭嘴！”皮埃尔哀号道。他闭上眼睛。其实，只要他睁开眼睛，看看头顶，就能安心了。

我们头顶上，热气球鼓得满满的。它那蓝金相间的颜色，那么鲜艳，那么耀目，连天空也显得黯然失色了。从地面上仰望，它一定特别好看。不过，我可不想待在地面上：这里就是最好的位置，而且气球还在不断上升。

随着气球飘离宫殿，人群的喧哗也渐渐退去了。四周一片祥和宁静。很快，我的耳畔只剩下气球轻柔的叹息，以及兰斯洛特咀嚼青草的声音。可可已经轻轻打起了呼噜。伏尔泰静静地立在皮埃尔的膝头。那平静的感觉，就仿佛我们回到了家中的果园，像平日那般一起坐在树下。

我的思绪回到了原点，回到了数月前的那片草地上，更确切地说，是草地上的那片天空。那一刻，世界看起来如此不同。这让我想到，只要换一个角度去看待事物，一切都有可能改变。

我缓缓站起身来。

皮埃尔却突然睁开眼睛，“站住！别动！”

“没事的，不会颠翻的。”我向他保证。

我手扶篮子边沿，向外望去，第一次瞧见了下方的美景。

“哇，天哪！”我屏住呼吸，“太不可思议了！”

在我们下方，是环绕凡尔赛宫的御花园。宫殿在我们身后，小如一堆玩具积木。中庭里，攒动的人头如点点黑蚁。王宫四周，道路纵横，如车轮辐条。万物都蒙上了一层米黄或绿色。每一纵，每一横，都构成了一幅更大的图景。难怪王后的农宫那么完美——从高空俯瞰，世间万物都是完美的。

“皮埃尔，你真应该过来看看。”

他摇摇头：“我不要。”

我感到胃里一阵翻腾。我们又在往上升了。不过，皮埃尔突然跳起来，仿佛被黄蜂给蜇了似的。

“这脏畜生刚刚……啊！”他的马裤上溅满了棕黄色的屎，臭气熏天，“它草吃多了，拉稀了！”

兰斯洛特，不紧不慢地咀嚼着青草，还是一如既往地高贵。

“过来，站我身边，扶着篮筐。”我憋住笑，对他说。我没告诉他，他身上的气味比老白菜还要难闻。我很高兴，他终于睁开了眼睛。

此刻，气球不但在慢慢上升，也在渐渐远离王宫的御花园。地面上，出现了更多树木，更多开阔的草地，更多湖泽。

“哦，小喜鹊！”皮埃尔惊叹道，“太壮观了！”

“很美吧？”

他颤抖着点点头：“我不知道世界还可以是这个样子。每个人都该看看！每个人有机会都该在空中飞一次，不是吗？”

“是的呢，”我侧身看向他，“即便是害怕飞行的人，也应该飞一次。”

他的脸上绽开了一个大大的笑容。看见他快乐的样子，我也忍不住笑了。不过，这一切，最美好的是，这个世上我最喜欢的人，此刻正在我身边，与我一同分享着美好。

“小喜鹊，”皮埃尔突然严肃地说，“你意识到了吗，我们是历史上乘热气球飞行的第一人？”

他说得对。在此之前，从未有过活着的生命乘气球升上高空。就连与我们同行的小动物们，也是第一次参加飞行试验，以观测它们在高空中的反应。我们打败了英国人、德拉克洛瓦夫人和那几个打劫的蟊贼。我们甚至完胜了孟格菲先生们。他们虽然研制出了热气球，却不曾踏足其中。

“不过，我们不该在这儿的，不是吗？”我提醒他，“所以，你懂的，这就不算数了，我们的名字也不会出现在历史书里。”

“但我们知道就好，不是吗，小喜鹊？”皮埃尔说。

我点点头：我们心里知道就好。任何历史书也无法抹去我们心中的回忆。我太沉醉于这一切之中了，没发现皮埃尔在盯着我看，眼神奇怪又好笑。我只希望他别再这么出神地看着我，破坏了这一刻的意境。

“你怎么了？”我问。语气有点严厉。

他指向我胸前：“胸针。不见了。”

“我想，是那个持刀的疯女人把它抢走了。”我说。

我低下头，看见锁骨下方的衣领被撕了一道口子。那正是原本别胸针的地方。那里，出现了一大片深色污斑。

皮埃尔瞬间脸色不好了：“你受伤了。”

污斑还是湿的。我皱起眉头，一摸，一尝。

竟然是血。

27

或许，伤口比看起来要严重许多。如果伤势严重，应该很痛，不是吗？可我只感到胸口一阵轻微的刺疼。不过，血倒是流了不少。我的手上沾满了血。待我用裙子擦拭沾在手上的血渍时，却发现裙子也是血迹斑斑。这太讨厌了。我这会儿只想好好欣赏风景，而不是忙着处理该死的划伤。

皮埃尔有了吸引注意力的事情，不再脸色苍白，变得霸道起来。他从袖口撕下一条布，叠成一块帕子。

“快拿它按住胸口。”他指挥道，“按紧别动。它会止血的。”

我照他说的做了。伤口一下子变疼了——疼得我腿都站不直了。不过，我没说。我只想抓紧享受这难得的飞行时光。

我们下方是一条又窄又长的土路，状似绸带。我猜，这就是通往巴黎的主干道。我们时不时地飞过一处房屋，一座粮仓。在一片草地上，一群马儿看见我们之后，开始腾跃飞奔。鸟儿们冲着我们尖叫，地面上的人们朝着我们挥手。这感觉妙不可言。我真想永远待在天上。

“你还好吗？”皮埃尔问了不止一次，“你看起来很冷的样子。”

“我很好！”我告诉他。虽然我确实感到有点头晕。

当篮子第一次震动时，我几乎没有感觉。第二次，震动更明显了，几乎是摇晃——而且是相当剧烈的摇晃。我抬头仰望，发现气球起皱了，似乎在漏气。

是皮埃尔发现了那道裂口。在气球从下往上三分之一处，弧形的，有一码宽。看样子是个新开的口子，边缘不规则，仿佛某人用尖锐武器划开的。我突然惊恐地意识到，卡米尔·德拉克洛瓦不仅划伤了我，也划破了气球。

“还好不大。”我努力保持乐观。

“你对你的伤口也是这么说的。”皮埃尔指出。

实际上，我也知道裂口不是什么好事——不论是人身上的口子，还是气球上的口子。我的额头沁出了一层冷汗。看来我们的飞行比预想的要提前结束了。

气球颠簸了一下，我们开始疾速下落。就在这个时候，可可醒了。于是，我把它从怀中放了下来。兰斯洛特，终于意识到自己并不在草地上，开始焦急地踱来踱去。这使得篮子摇晃起来。伏尔泰惊恐地拍打起翅膀。皮埃尔则紧紧扒住篮子不放，吓得脸色惨白。

我们在快速坠落，而且速度似乎越来越快。下方的树冠，越来越近了。我又看见细节了——某扇窗边窗帘的颜色，一匹马儿甩动马尾的动作。我们头顶上空，气球一侧瘪塌着。我们并非直线下落，而是倾斜成一个角度。前方是另一条路——一条十字交叉路。路上车水马龙，行人如织。人们都踮起脚，目瞪口呆地仰望着我们。我祈祷气球千万别砸到他们。

“着陆时颠簸得厉害吗？”皮埃尔问。

“还好，一点点。”我撒谎道。

不知为何，气球又往前跛行了几百码。我们掠过一片杂树林。接着，眼前竟幸运地出现了一片开阔的草地。草地中央，站着一个人。待近了一看，是一个金发男孩。我心跳加速。原来是塞巴斯蒂安啊。

“喂！小心！”我大喊，“我们要落地了！快抓住一根绳子！”

我们离他越来越近，眼看着就要撞上他的右肩。还好他及时躲开，我们才避开了他。然后，我们撞上了地面，一次，两次。篮子在地上打滚。爪子乱抓，翅膀乱扑，鸟嘴、羊蹄、皮埃尔和我摔作一团。天旋地转。终于，在最后一次颠簸过后，篮子停了下来。

之后，是长久的沉默。我感到心脏在胸口突突直跳。我的裙子湿淋淋的，黏在皮肤上。我不看也知道是流血了。有人发出呻吟声，我想应该是皮埃尔。兰斯洛特已经开始在草地上啃起了鲜草。伏尔泰从篮子里冲出来，在草地上兴奋地来回踱步。看它现在的样子，就知道一只鸭子脚踩坚实的大地有多么幸福。不过，几码之外，可可却伏在地上，一动也不动。

我一动，肋部便传来一阵剧痛，然后是一阵头晕目眩。我屏住呼吸，咬牙坚持，慢慢向可可爬去。我希望，祈求，它只是晕过去了。

“快起来，小家伙，”我把它揽入怀中，“该醒醒了。”

我以它最喜欢的方式，打着圈按摩它的胸口。终于，它睁开了一只眼。接着，又睁开了另一只。我如释重负，差点哭了。

接着，一个大大的惊喜出现了。

可可，我那安静的、嗜睡的小公鸡，竟然昂起头，打鸣了。它的鸣叫，如此之悠长，如此之响亮，恐怕连海峡对岸的英国人也听到了。

当一只手搭上我的肩头时，我仍在如释重负地大笑着。我一抬头，看见塞巴斯蒂安正站在我身边，一脸惊讶地看着地上泄了气的气球。好吧，我猜眼看着两个活人和三只动物从天而降是挺震惊的。或许是因为再次遇见他，太意外了，我竟开始牙齿打战、浑身发冷。

皮埃尔在马裤上擦过掌心的汗后，向塞巴斯蒂安伸出手。两人握手言和。

“那场决斗——”皮埃尔说。但塞巴斯蒂安发现我在发抖，立刻伸出手臂，揽住我的肩膀。我顿时痛得大叫起来。

“天！”他赶紧把手拿开。他衬衫上沾满了我的鲜血，很多很多血。

“只是破了点皮，别大惊小怪。”我对他说。

然而，看着那一大片鲜红的血迹，我顿时头晕了。不知不觉，我竟瘫倒在了草地上。塞巴斯蒂安跪在我身边，关切地注视着我。他蹙额皱眉，英俊的面庞蒙上了一层忧虑。“小喜鹊，这伤口可不止破皮。你需要看医生，立刻，马上！”

“你又要来帮我了，不是吗？”我看着他的眼睛说。

他轻轻笑了：“你这次不会怀疑我的人品了吧？”

我知道他在说笑。但今天他整个人有点不一样。怎么个不一样法儿，我却说不出来。直到我发现他的手，就是昨天我看见他不停活动的那只手，又青又肿。虽然他一再否认，但他的手确实受伤了。我想不出他为何要撒谎。

皮埃尔和塞巴斯蒂安两个人一道把我架了起来。这时，一辆敞篷马车穿过草地，飞驰而来。我快支撑不住了。约瑟夫老爷从马车上跳下，向我们跑来。艾蒂安先生则奔向了气球。

“傻孩子！”约瑟夫老爷大喊着，把皮埃尔搂入怀中。我在想，这是否就是他一直害怕的斥责呢。如果是的话，那我们也没有什么好担心的了。

接下来，一个我从未见过的男人出现在我们面前。“我是罗齐耶先生，”他说，“我对科学感兴趣。我特来查看参加飞行试验的动物们是否还活着。”

“动物？”皮埃尔说，“那小喜鹊算不算呢？”

“我也该猜到你们两个参与了这件事！”约瑟夫老爷说，“你们着了什么魔，去干这么危险的事？”

“主要是为了我们的鸟儿们。”我承认道。

他咂咂嘴，微微一笑。就在这时，他看见了我身上的血，大叫起来。

“快，拿绷带来！”他对着罗齐耶先生打了一个响指，“还有水和白兰地！快点！”

罗齐耶先生匆匆赶回马车。我瞥见马车上还坐着一个人，暗色裙子，乌黑头发。那熟悉的恐惧感又在我体内涌动。

“最后，她还是安安静静地跟着我们走了，”约瑟夫老爷看我在看她，便解释说，“我想，等回到王宫，我们都得好好解释一番。”

德拉克洛瓦夫人——卡米尔——独自一人坐在马车上。她双手放在腿上，似乎被捆绑了起来。即便现在，她仍戴着手套。我把目光挪开。我懒得看她了，甚至懒得睁开眼皮。

不过，我并没有闭上眼睛。我倒是希望我把眼睛闭上了。就在所有人都围着我手忙脚乱之时，塞巴斯蒂安走开了，走向了马车。他以为没人在看。他一只脚踏上了马车，和卡米尔窃窃私语。一开始，我没听清他们在说什么。后来，我听到了几个单词，才毛骨悚然地意识到，他们讲的是英语。

他的人品，不过如此。

我顿时感觉，我们仿佛还在高空中，俯瞰着地上的一切。那些平常之物，从空中看去，全变了模样。只不过，我并没有在飞翔，而是躺在一片草地上，看着那个屡屡向我伸出援手的英俊男孩，正与一个数月来想置我于死地的女人深入交谈着。

“他俩……认识啊？”皮埃尔也大吃一惊。

我失望地点点头：“看上去是的。”

塞巴斯蒂安在整件事里扮演了怎样的角色，我不清楚。我只感觉自己像个傻瓜——我平常一直挺机警的，可对他却放下了防备。当时，在巴黎街头，他主动提出帮我拎箱子的那一刻，我差一点就看穿了他的真面目。想想这整件事，我感到很心累。

罗齐耶先生拿着绷带和白兰地回来了。他试图挪动我的身子，但剧痛让我差点昏了过去。

“我们得把她送回宫殿，找御医治疗，”他说着，摇摇头，“不行，她失血太多了。”

我想他是这么说的。他的声音，突然间，变得遥远、缥缈，仿佛来自水下。一切变得昏暗、朦胧。我感到很不舒服。但皮埃尔还陪在我身边，可可也偎在我的怀里，所以，我并不孤单。

然后，我们一起飞上了天空，我想。一种温暖、平静的感觉传遍了我的全身。不论发生了什么，至少我们飞上了天空。

28

看来我是一个斗士。这是医生的原话。他为我缝合了胸口处一个三英尺深的伤口。他让我咬住一条皮带止痛。虽然用处不大，但我至少没有再次晕过去。

“这丫头命硬，”艾蒂安先生也佩服地说，“打从见到她第一眼，我就知道。”

事实证明，是皮埃尔和他袖口上撕下来的布条，救了我一命。若不是他反应迅速，为我减缓了出血速度，我怕是撑不过这一劫了。

“你也这么救过我，还记得吗？”我要感谢他时，皮埃尔却说，“而且那时，你我素不相识。”

是啊，我记得。我愧疚地想，我当然记得。我俩互相眼泪汪汪地道了声“谢谢”，这事儿就算过去了。

我从手术台被移到了一张宽大的白床上，又被灌了几口白兰地，并被严格要求好好休息。虽然我浑身又累又疼，但我还是想知道更多消息。还想要见到可可。我向皮埃尔求助。于是，他趁照看我的女仆不注意，把可可偷偷藏在毯子里，带了进来。至于热气球试验的消息，以及国王的反应，他摇摇头，说："爸爸想和我们谈谈这件事。"

看来那顿训斥终究还是逃不掉了。

我醒来时，天色已黑。应该还是同一天——虽然窗户紧闭，但我仍听得见外面人群的喧闹声。有人点燃了蜡烛。我看见坐在我床边的是约瑟夫老爷。艾蒂安先生也抱着双臂，坐在他身边。床的另一侧，传来鸭子的呱呱叫声，于是我知道皮埃尔和伏尔泰也在。我感觉自己一动不动地躺在床上，特傻，特无助。虽然我挣扎着想起来，可是身子太虚弱，根本动弹不了。

"你们很生气，对吗？"我小心翼翼地问。

"生气？"艾蒂安先生的眉毛快挑上天了，"我亲爱的孩子，你今天的所作所为，差点毁了整个试验！我告诉你，我可是费了好一番口舌，才让国王相信，你们不是英国人安插在气球篮子里的奸细！"

我拽着床单，感到无地自容。皮埃尔在我旁边紧张地咽口水。现在，我才明白过来，我们的行为有多蠢。我的意思是，我们已经作为间谍被逮捕了一次，不是吗，所以，我们的行为看上去自然十分可疑。更糟的是我哭了起来。

"我们不是故意的。"我哭着说，"皮埃尔很担心伏尔泰，我又受伤了，被——"

“打住，小喜鹊，你不用说了。”约瑟夫老爷把手放在我的手上，“现在，听我讲，你们两个。你们今天的行为十分危险，我很生气。”

只不过，奇怪的是，他的声音听起来一点也不像生气的样子。我抬眼一看，发现他正努力绷着脸憋着笑。而艾蒂安先生更是根本藏不住笑意——他已经笑得合不拢嘴了。我惊掉了下巴，然后也小心翼翼地笑了起来。这时，我看见皮埃尔也在捂着嘴笑。

“没事的。”他说。

此话不假。

或许是因为被朋友环绕，终于有了安全感，我反而大哭起来。我和皮埃尔一起完成了一件全世界无人做过的事情。我们一起乘热气球飞上了天空。这当然十分危险。我们不知道热气球能否起飞，是否安全，也不知道我们是否能够平平安安返回地面。不过，守规矩，向来不是我擅长的。

“小喜鹊，”约瑟夫老爷说，“哦，小喜鹊。”他轻唤我的名字，并冲我温柔地一笑。这大概是别人对我说过的最友善的一句话了吧。他伸出手，想揽住我的肩。我微微挪动身子，却痛得“啊”地叫起来。最后，他轻轻吻了一下我的额头。

然后，约瑟夫老爷拿出笔记本和铅笔。

“今晚，我必须记下你们在飞行过程中的见闻感受，”他对我和皮埃尔说，“趁你们还没有忘记。”

“我永远不会忘记的。”我向他保证。

我喝了一杯热巧克力，吃下一块肉饼之后，精神好多了。我迫不及待地开始讲述整个飞行经历：每一处风景，每一个声音，每一次震动——甚至连兰斯洛特肠胃不适都交代了。我们一边讲述，约瑟夫老爷一边记笔记——记了很多很多笔记——艾蒂安先生则不停地向我们发问，直到我累得垂下了头。

终于，约瑟夫老爷放下了手中的笔。“我们在座的每一位，今天都干成了一件大事。气球飞上天，是大伙儿数月以来共同努力的结果。有许多次，我们以为永远不可能成功了。然而，无论命运如何阻挠，今天我们都赢得了伟大的胜利。”

命运。

我胸部的伤口在隐隐作痛。

“卡米尔夺走的胸针，你们拿回来了吗？”我问。

约瑟夫老爷用手揉揉脸，瞥了一眼艾蒂安先生。艾蒂安先生则从座位上站起来，走到桌边，给自己倒了一杯水。

“小喜鹊，事情没那么简单。”艾蒂安先生说。我听出来了，他不想谈论这件事。我偏要激他说出来。

“怎么不简单了？明明就是她偷的。您当时也在场，也亲眼看见了呀。”我没提她是如何称呼我的，可我有一种不好的感觉：他们可能听见了。

“据我们所知，胸针还在她手上。”约瑟夫老爷疲倦无力地说。

我很吃惊。我看向皮埃尔。他也蹙着眉头。

“但那胸针很贵重，不是吗？”他问。

约瑟夫老爷耸耸肩。

“那么保险箱里的笔记本呢？”现在，我彻底糊涂了，“你们知道有一个男人来抢夺它们了，不是吗？他是英国间谍——一个真正的英国间谍，是他打伤了皮埃尔的脸。”

约瑟夫老爷闻言，脸部抽搐了一下，但又摇头道：“他已经和其他人一起被关进地牢了。”

艾蒂安先生走过来，在我的床头坐下。

“小喜鹊，”他说，语气轻柔到让我紧张，“这件事莫要再提了。过去几天，国王在安保问题上，像着了魔似的。我可不信他关进地牢里的那些可怜的人是英国间谍。”

皮埃尔惊讶得倒抽一口气：“什么，所有人都不是吗？”

我又开始头晕了。这一切说不通啊。一直以来，整件事都和笔记本有关。从头至尾。从最初那晚的入室盗窃开始。

“所以说，德拉克洛瓦夫人不是间谍？”我想说得更清楚明白，以防被误解，“卡米尔不是英国方面派来的？”

“不。她丈夫，德拉米尔先生，也不是间谍。”

看来我的直觉是对的！他们俩是串通一气的。

“不过，你们怎么认识她的？”我问。

蒙哥尔费交换了一个眼神。

“一出生就认识啊。”约瑟夫老爷说，“她是我们的妹妹。”

我盯着他的眼睛。他没有说谎，也没在笑。他是认真的。

当然不假了。要不然他们怎么会互相直呼其名呢。

卡米尔·德拉克洛瓦原来是孟格菲家的人。

我闭上眼睛，不得不闭上，否则天旋地转，头晕目眩。我在想，这到底是失血过多的后遗症呢，还是因为这其中有一些事情，我还没弄明白。

“那胸针，也不能说是她偷的，”约瑟夫老爷说，“因为本来就是她的。一直以来都是她的。它后来怎么被藏在那只箱子里了，我还真不知道。”

原来她想要的是那只箱子。她那晚派我去取的，是箱子，而不是图纸，也不是笔记本，就是箱子。因为那枚金胸针一直藏在箱子的内衬里。

“嘎吱”一声，艾蒂安先生从床上起身，站了起来。“这件事，我们明早再谈，好吗？你也累了。”

我睁开眼睛。约瑟夫老爷也起了身。皮埃尔胳膊下夹着伏尔泰。他们都准备走了。

“别走！”我渴望他们留下来，告诉我卡米尔的故事，因为这其中一定有什么原因——没有人会无缘无故地那么愤怒。

约瑟夫老爷却会错了意，以为我是害怕。

“别担心，你在这里很安全，”他说，“卡米尔不会再伤害你了。她今晚被关在了地牢里。明天一早，他们会把她押往市里的监狱。到时我们再决定她到底是罪犯，还是只是精神出了问题。”

说起亲生妹妹，他的语气竟如此地冷酷。我感到太不可思议了。倒不是说我已经忘了她是怎么威胁我——攻击我的——所以，我猜这也算她罪有应得。只不过，这件事，还是让我感到不安。我也说不清楚到底是为什么。但我想，人都有好的一面，也有坏的一面。没有一个人，是彻头彻尾的好人，也没有一个人，是十恶不赦的坏人，即便是英国间谍和娼妇。我想，这同样适用于塞巴斯蒂安。

如果，我想听卡米尔那边的说法，最好今晚，趁还有机会，亲自去问她。

29

楼下的大厅。我走走停停，伤口太疼，就停下来歇歇。下楼梯反而容易些，我可以扶住栏杆。一旦到了楼下，就再也没办法回头了。

监狱的当班侍卫是姜黄胡子。消息一定传开了：我不是英国间谍。因为他十分热情地向我打招呼，仿佛我们是老朋友了。

“叫我塞德里克先生。”他说。

“小喜鹊。”我们握了握手。

“真想不明白你为何想跟她说话，”听说我此行的目的，塞德里克先生忍不住说，“要我说，她就是个烂人。”

但他还是带我穿过了一道小门，并提着灯在前方为我引路。走到最后一级台阶时，我犹豫了，心脏突突直跳。我还是不喜欢地牢。

“你还好吗？”塞德里克先生问。

我深吸一口气。我坐过热气球飞上过天空，受过致命刀伤却活了下来。是的，我很好。

卡米尔还没睡，大睁着眼睛坐在牢房里。虽然她与我保持着距离，但我还是很高兴，监狱的铁栏把我和她隔开了。我请塞德里克先生给我一个可以坐的东西。他给我搬来一只装红酒的旧柳条箱。我双腿绵软无力，很开心地一屁股瘫坐下去。

“你倒挺舒服的，是吧？”卡米尔说。

我虽看不清她的脸，却还是很紧张。

“有些事，我想问你。”我说。

她耸耸肩：“随便你问。可我不一定回答你。”

“你为什么那么想要得到那枚胸针？”

卡米尔眯起眼睛，打量我。她在思索，在决定该怎么回答。被她这么盯着看，我浑身不舒服，直想抓挠自己。

“它本来就是我的，”她说，“我母亲临终前，就想把它给我。”

“那它怎么藏在了约瑟夫老爷的保险箱里？”

“我们家里所有的东西，都传男不传女，连墙上的画和地上的地毯都是他们的。”

“孟格菲先生们告诉我，你和他们有血缘关系。”我说。他们是一家人。虽然这解释了她为何如此熟悉房子的内部格局，但我一时仍然无法适应这个事实。

她向我走来，我终于看清了她。她把那胸针戴在了裙子的领口处。我又一次为它的美惊叹不已。

“你有家人吗，小喜鹊？”她问。

“没有。”我承认道。这些日子，我对父母的印象越来越淡了。“只有我和可可相依为命。”

“你很幸运，”她说，“有一个不幸的家庭，还不如没有家庭。”

“但你一定是在阿诺内那所漂亮的房子里长大的，”我向她指出，“好吧，虽然艾蒂安先生有点自高自大，但约瑟夫老爷一向十分和善，而且——”

她抬起手来。那双手套已经破破烂烂的了。“不说我的哥哥们了。你需要了解的是我父亲——阿诺内的大造纸商。”

我点点头。我知道他们家是开造纸厂的。

“人人都说他是一个好人——善待工人，为人公正。但他们不知，在家里，对我们，他是一个暴君。你明白什么意思了吗？”

“他对你们很刻薄？”我说。

“没错。最糟糕的是，他不允许我思考。他逼迫我的哥哥们读书识字时，身为一个女孩，我只好站在一旁。如果给我机会，他使尽浑身解数强迫我的两位兄长学习的课程，我毫不费力就能掌握。”

我可以想见，她确实很聪敏。相比之下，蒙哥尔费则显得迟钝，但也更憨厚、善良。

“于是，我便开始自学。”她停顿了一下，用手指抓住铁栏杆，“我喜欢发明东西，制造仪器，解决问题——正好是那种我父亲认为女孩子不该拥有的知识。”

这听起来荒诞，但我能够明白她的意思，因为我也常常身处类似的困境。

“我开始秘密研发一台特别的机器。它是用来裁切纸张的。父亲总是抱怨工厂里裁纸的刀不好使。于是，我想给他一个惊喜，向他展示我的能力。”

“你展示了吗？”我问。对于这个故事的结局，我已经有一种不好的预感。

“那天是他的生日，”她说，“机器已经造好，可以正常使用。我把它作为礼物送给了他。其他人送他的都是些愚蠢的生日卡片，但我亲手创造了一件独一无二又有技术含量的东西。你知道，他看见它之后，是什么反应吗？”

我摇摇头。

他命仆人们把它收走。然后，他当着众人的面，说我丢了他和我兄弟们的脸。他说，我一定是病了，没受过教育，还敢以为自己能够发明东西。如果是这样，我就应该立刻回房间里待着。”

“你照做了？”

“是的。我在房间里待了三个月。”她一脸不服气地抬起下巴说。

我也不相信她会乖乖地卧在床上，以泪洗面。她接下来的话，证实了我的想法。

“我父亲的反应，反而激励了我。他以为我在房间里休息的时候，我其实在忙着设计一个更大、更好使的切割机，且不是用来裁纸的。这台机器，将为我带来应得的声名。几个月后，机器造好了。我需要找一些东西来练手，来切割一些不一样的东西。”

她继续滔滔不绝，似乎越来越入戏了。可我不太明白“切割机”的意思，需要她解释。

“切割什么样的东西？”我问。

“脖子。”

我庆幸自己是坐着听的。

“我试图借一只母鸡——”

“借？”

她不理睬我的打断：“但我那卑鄙的兄弟们逮住了我，威胁要告诉父亲。真是可笑，不是吗？想想他们今天可是用了三只动物在做飞行试验。”

说实话，我很高兴他们这么做了。这救了可可和伏尔泰一命，否则它们就要下油锅了。不过，我并不指望卡米尔能够理解。

“最后，我只好用西瓜将就。但试验失误了。很可怕的失误。”说着，她把手从铁栏杆上松开，取下污迹斑斑的手套，于是，我瞧见了。她的右手缺了中间的两根手指。残指的切面平滑，疤痕累累。左手拇指歪曲扭斜，似乎受伤之后，从未得到过医治。

“噢！”我惊骇地捂住嘴巴。

“我当时只顾着用手扶住西瓜，防止它从桌子上滚落。没想到刀刃这么快就落了下来，正好切在我手上……”她边说边比画了一个可怕的斩切动作。

我吓得一缩。

她脸上却奇怪地露出了得意的神情。“父亲说，我是罪有应得。”

我呆呆地看着她那双残手。我恨这个女人。我畏惧她。但此时此刻，我对她生出了一丝怜悯。连我这么一个从未体验过父爱的人，都难以相信她的亲生父亲会对她说出这样的话。

“你父亲又把你关进房间了？”我问。

“我没给他机会。”她艰难地重新戴上手套，回答道，“我那时已经十六岁，所以我离家出走了。我报复了他，以我所知道的最狠的方式。”

“是什么？”

“嫁给敌人——一个英国人。他的真名是德拉米尔。我们稍做调整，使它听上去更像法国人的名字。”

“成了德拉克洛瓦。”我大声说出来。

我之前没发现，但仔细一看，卡米尔和孟格菲一家人确实长得挺像——尤其是她眉头紧锁的样子，和艾蒂安先生一模一样。这么长时间，这么多年，辛酸痛苦，如同马脖子上的绿头苍蝇一般，烦扰着她，咬噬着她。

我的目光又落在了那枚在半明半暗之间闪烁不定的胸针上。“那么，胸针和这一切又有什么关系呢？”我问。我还不确定答案。

“我想，你应该听说过吉约坦先生吧？”

我确实听说过。他就是发明断头台的人。那令人毛骨悚然的砍头机器，各家报纸都做了铺天盖地的报道。昨天，我还一度害怕，我们也要被送上断头台了。

她拍拍胸脯：“我的主意。我的切割机。我首创的。不过，谁又相信，一个女人能发明东西呢？”

确实没人会信。可怕的是，在这一点上，她是对的。

但这是断头台啊！

我不寒而栗地想起报纸上的各种漫画：锋利的刀刃，喷涌的鲜血，成筐成筐的脑袋。把自己的名字与这种事情联系起来，多可怕啊。当然，如果她得偿所愿了，那机器的名字就应该是“德拉克洛瓦”，或“德拉米尔”了。不管怎样，这也是一台杀人的机器啊。我着实难以想象：一个人居然可以坐下来，手里握着铅笔，脑海中想象着那种血淋淋的画面，兴奋不已地在笔记本上绘出各种设计图。

不，我想，我的脑袋毕竟不像卡米尔的脑袋。一点也不像。

“我母亲不像我父亲那般冷酷无情。她总是告诉我，但凡努力，心存希望，我也可以做成任何事情。”卡米尔摸摸胸针，说，“这是她最喜欢的一件首饰。她告诉我，每当她戴上这枚胸针，就感觉自己仿佛飘浮在天空中。不过，这只是些愚蠢的胡话。”

可是，我戴上这枚胸针时，不也有过非同寻常的感觉吗？仿佛双脚离开了地面。“这不是愚蠢的胡话。”我脱口而出，但她没在听。

“多年以后，我母亲去世了，我父亲却拒绝交出胸针。我听说吉约坦抄袭了我的创意后，我对那枚胸针更是产生了执念。它于我而言，就像一个护身符。只要拥有它，我就能做成任何事情。我要把吉约坦的专利夺过来。我要成为家喻户晓的人物。就像我母亲说的，我也可以出人头地、叱咤风云——你明白吗？”

我这下明白了她为何想让我偷回那枚胸针了。

“可你为啥要装作想要那些图纸呢？”我问。

她卑鄙、轻蔑地冷笑道：“我可没装，小喜鹊。我是真心想破坏他们的前程。他们越接近成功，我越想要毁了他们，就像当年他们对我那样。”

我一点一点地看明白了。原来，她的兴趣从来不在图纸上。它们只不过提醒了她，她的哥哥们有多么成功，而她却一事无成。

“不过，我赢了，不是吗，小喜鹊？”卡米尔说，“最终，我付出的一切都值了。”

“是吗？”她竟说出这种话，真是匪夷所思。

我意识到，我为她感到难过，根本是徒劳。这些天，我对善恶是非有了更加清晰的认识，知道什么是对，什么是错。这中间的界限，卡米尔是不懂的。

我的胸口又开始疼了。我体力渐渐不支。是时候结束我们的谈话了。“若你的目标是胸针，你已经得偿所愿了。”我告诉她，“但蹲监狱的是你，而不是你的哥哥们。他们现在已经是法国的英雄了。”

她狠狠地瞪着我，仿佛要扑上来打我似的，尽管我们之间隔着一道铁栏。然后，她垂下头，双肩止不住地颤抖起来。我身子往前探去，一下子慌了神：她难道在哭吗?

不。

她抬起头，整张脸都扭曲了。她竟然在笑。

我踉跄着站起身来。我已经受够了卡米尔·德拉克洛瓦。我虽为她可怕的人生感到怜悯，但心怀仇恨、一味寻仇，终归不会有好下场。今天，我们大获全胜，她却一败涂地。这最后一次，我坦然地直视她的眼睛，再也不感到惧怕了。

我们拾级而上。塞德里克先生伸出手臂，让我倚傍。这正是我所需要的。

“说实话，我觉得她儿子挺可怜的。”他说，“他妈妈把一切都怨在他头上——还恐吓他，说要杀了他和他的马儿！如果英国人是这么对待孩子的，那我可瞧不上他们。”

我没告诉他，她其实是法国人。我也没让他看见我眼里的泪水。因为傻子也猜得出，谁是这个悲伤故事中的儿子和马儿。

七

一个永远不会说出口的秘密

30

此事过后，我们多多少少得了些安宁。法国国王和王后宣布此次飞行试验是一场伟大的胜利，并开香槟、放烟花庆祝。参与试验的动物们都被授予了英勇勋章：伏尔泰的勋章挂在脖子上，它昂首挺胸，骄傲不已；可可呢，我每次试着把勋章戴在它身上，它便抖动羽毛，高声打鸣。如今它开了嗓儿，便停不下来了。兰斯洛特——不好意思，是蒙特夏尔——作为世上第一只飞上天空的羊，被载入了史书。不过，庆幸的是，史书中没有提它闹肚子那档事儿。它回到了王后的农宫，在那里继续幸福地生活下去。没人告诉它，在王后眼里，它是仅次于时尚的无价之宝。不过，真正紧要的是，它再也不会被人吃掉了，这对于一只羊来说，已是万幸。

在远方，每家报纸都在争相报道世界上的第一台飞行器，它是如何在凡尔赛宫上空飞行了足足八分钟，而后坠落也只是因为气球被划破了一道口子。一夜之间，气球风靡全国。每个人都在谈论气球和这场飞行试验——想想真是有趣，不久之前，我们还在为保密而殚精竭虑。不过，相比断头台，这确实是一个可喜的变化。气球图案，被绣在女人的衣裙上，印在各式壁纸上。王后一直戴着饰有小气球的假发。孟格菲的名字——一个法国名字，而非英国名字——也被载入了史册。

我的生活也有了起色。我被孟格菲一家收养了。约瑟夫老爷甚至打算办理正式领养手续。

“我们一到家，我就马上去办手续。”他告诉我。

于是，我开始体验到一种前所未有的幸福。它并非令人眼花缭乱、头晕目眩的幻景，而是踏实、真切的。每天清晨醒来，它还在那里，在我触手可及的地方。我现在也有姓氏了：孟格菲。我承认，这名字听起来相当悦耳。其实，办不办手续，我并不在乎。我甚至觉得，咱们都太过在意纸面文书了。

到了启程返家的那天，我们一大早便从凡尔赛宫出发了，沿大路行至巴黎，然后拐道向南。朝阳刚刚升起，马匹精力充沛，道路悄寂宁静。天气太好，我和皮埃尔都不愿待在车厢内。我们开心地并排坐在车顶上，一起快活地摆动着双腿。这上边是观看风景、呼吸新鲜空气的绝佳位置。伏尔泰也愿意待在这上边；自从上次被关进板条箱，伏尔泰便对一切狭小空间心有余悸。至于可可，它只想打鸣，一刻不停地打鸣。于是，我们把它放在车顶上，任由它打鸣去。

行至巴黎以西数英里之时，我发现有人在跟踪我们。那人骑了一匹灰马，孤零零地独行着。他可以轻松超越我们，却一直落在我们身后，与我们保持着三四十英尺的距离。

“他想干什么？”我问皮埃尔。皮埃尔也注意到了他。

“反正他不会是强盗。我们现在身上也没什么东西好偷了，不是吗，小喜鹊？”

我斜睨了他一眼，想这话说得可真奇怪。但他闭嘴不响了，我也就不说什么了。

我们抵达巴黎市郊时，那位骑手终于策马疾驰，追了上来。路上尘土飞扬，人来人往。这一切发生的速度又太快，我差点错过了。但我瞥了一眼那马儿，心里就明白了：那是但丁啊。那位骑手，低伏在马脖子上，看起来就像一个正在享受快马扬鞭的普通男孩。我心里突然一阵难过，为我们之间差点成真的友情感到惋惜。

“等等，那不是——？”皮埃尔指着身边一掠而过的男孩和马儿说。

我不想再提起塞巴斯蒂安了，一想到他，我仍感到心烦意乱。一直以来，他和他的父母互相配合，暗中勾结。尽管如此，我还是无法恨他。是的，我是很生气，他竟一边暗算我们，一边装成我们的朋友。然而，他身上所展现的勇敢和机智，使我着实钦佩。况且，一个人也无法选择自己的出身，不是吗？这一点，我比任何人都更加清楚。

前方，灰马左转，奔回巴黎。就在我们分道扬镳之时，坐在马鞍上的塞巴斯蒂安，转过头来。

“对不起！”他高喊。

我点点头：我也是。

回到阿诺内，我们被当成了大英雄，人们特意赶来，欢迎我们回家。还未过河，便听见了对岸震天响的欢呼声和喜庆的乐声。待我们来到镇上，人们早已在街边列队等候，或从窗口探出身子，手里挥舞着一切可以找到的红色、金色或蓝色的物件。这让我顿时感到，我找到了归属，这个镇子，是一个我真正可以称之为家的地方。

*

回到家，我又住进了那间连地板也漆成了白色的小房间。我决定从今以后让可可睡在屋外，因为它每日雷打不动地从凌晨两点开始打鸣，直到太阳升起，一刻也不停。虽然每天上午，我还和从前一样照料家禽、牲口，但每天下午，皮埃尔教我读书、写字。韦尔特太太和奥黛特也渐渐习惯了这新的安排：我只是另一个孟格菲家的人，要她们伺候吃饭、洗澡，在她们以为没人看见时，对着我翻翻白眼。

但是，就像从气球上垂下的绳索，仍有一些事情，是我捉摸不透的。比如，为什么身为女孩，生活会更加不易。当我在这座漂亮的房子里读书习字的时候，我常想起卡米尔，想起她被禁止念书学习。如果她有机会成长为一个知书达理的人，而不是从小与家人对立僵持，一切会有多么不同。

与此同时，约瑟夫老爷和艾蒂安先生在忙着设计他们的下一个模型。这一次，他们希望公开搭载人类，而非动物。科学家罗齐耶先生，将成为第一个乘客。

一个男人。

我不知是否有人意识到了，若没有女人的帮忙，这一切都不可能发生。我知道，这个说法很奇怪，但它确是事实。是卡米尔把我送入了孟格菲家中。孟格菲太太的内衣解决了热气的谜题。连兰斯洛特也发挥了它的作用，为我们争取了时间。而且，我要大言不惭地说一句，这里面也有我的功劳。

那年秋天，在气喘吁吁、腰酸背疼了好几个月之后，孟格菲夫人终于诞下一女。她是这世上最完美的小生命。不过，我说的这句话，你们可别告诉可可。

她出生后不久，一个昏昏欲睡的礼拜天，我们围坐在客厅里的壁炉前，对着孟格菲家最新的成员啧啧赞叹。她还没有名字。于是，我们一致认为是时候给她取个名字了。

“她应该有一个响亮的名字，”约瑟夫老爷说，“一个端庄，又有底蕴的名字。我们应该对家里的女眷好一点了。”

听他这么说，我很高兴。

“或许，我们可以叫她卡米尔？”艾蒂安先生提议道。

我一定是扮了个鬼脸，因为皮埃尔笑了。“叔叔，考虑周全的话，我认为这个名字不妥。”

“没错，”约瑟夫老爷赞同道，“我们要看向未来，而不是过去。”

“那么，我想让小喜鹊来为她起名。”孟格菲夫人如此提议，着实让我大吃了一惊，“你是她姐姐，我想她的名字应该由你来取。”

真的，我受宠若惊。皮埃尔却眼角含着调皮的笑意，说：“小喜鹊，我不是故意调笑你哈，不过，你的父母在取名字这件事上，真的不怎么在行哦。”

“说实话，我也不知道我这名儿是谁给取的。”我承认道。我只回了这么一句，并没有提起，在之前的偷盗生涯中，这名字很适合我。这是一个我永远不会说出口的秘密。

“不过，我不得不说，它很适合你。”皮埃尔说。

我心里一惊，看向他的眼睛。他向我递来一个会意的眼神。就在那一刻，我意识到，他其实知道我是谁。他一直以来都知道我的身份。他知道我就是那天晚上闯入他家，偷走了箱子的女孩，可是他从头至尾没有告诉任何人，甚至连我也被蒙在鼓里。我感到一阵恐慌。然后，奇迹般地，心中生出了一种新的平静。因为这意味着，皮埃尔认识的，是我的全部，而不仅仅是我好的一面。尽管如此，我们还是最要好的朋友。

“来吧，亲爱的，”约瑟夫老爷说着，把宝宝递给了我，“你觉得什么样的名字适合她呢？”

我看着怀里在襁褓中呼呼大睡的婴儿，绞尽脑汁地想着。我的妹妹是孟格菲家的人，她需要一个好名字，才配得上她的姓氏。皮埃尔和他的母亲都眼巴巴地等着我开口。

“不好意思，我得好好想想。”最后，我说。

这时，我感到怀里的宝宝微微动了一下。我的妹妹伸开小腿，用小拳头揉了揉眼睛，打了一个哈欠。

“你好啊，小贪睡鬼。”我轻轻吻了吻她的鼻尖。

她醒来了，对我眨眨眼睛。就在这时，我脑海里突然冒出来一个名字。

“艾瑞尔，”我大声说，“我们就叫她艾瑞尔吧。”

“艾瑞尔·孟格菲，”皮埃尔细细琢磨道，“嗯。我喜欢。不过，艾瑞尔不应该是男孩子的名字吗？”

“谁说的？”孟格菲夫人坚持道，“如果小喜鹊认为好，那么它就是最合适的名字。”

它确实很合适，因为她的眼睛是我最喜欢的颜色——天空蓝，而且是没有一丝云彩的那种湛蓝。我决定了，我的妹妹长大后要成为一个勇敢、聪明的人，我不会让任何人阻碍她的成长。这位孟格菲家的女孩儿，将腾空而起、自由飞翔。

关于这本书

1793年9月，蒙哥尔费兄弟发明的热气球——一个装饰着十二星座图案和多个太阳符号的华丽的描金蓝色圆球，在凡尔赛宫向法国国王路易十六及其宫廷揭开了神秘的面纱。

它是那个时代的奇迹，是法兰西民族的骄傲——这个重大发明，让法国有望在军事上胜过它的老对手英国。

亲历当日盛况的，不仅有国王和他的朝臣们，很多“平民百姓”也见证了这一科学和技术的奇观。

有人说，热气球上的乘客是被选出来取代蒙哥尔费兄弟的，毕竟首次飞行，风险太大，不能让两位杰出的发明家去冒这个险。也有人说，这些乘客的选择，是有科学依据的：一只会飞的鸟，一只不会飞的鸟，以及一只从未离开过大地怀抱的动物。

尽管听起来不可思议，看上去难以置信，但在那个晴朗的秋日，当热气球被松开，开始向天空缓缓升起时，一只鸭子、一只公鸡和一头羊，成为了首批被人类送上天空的动物——于是，也成为了历史上第一批飞行员。

尼尔·杰克逊，英国创意大赛获奖者

2017年，伦敦

致谢

首先，我要感谢尼尔·杰克逊，他对好故事的敏锐眼光，为他赢得了2014年的创意大赛。

同时，我也要对鸡屋出版社的编辑团队——巴利，雷切尔·H，雷切尔·L，雅茨，科士，埃莉诺，劳拉——致以大大的感谢，感谢他们邀请我根据尼尔的创意，创作一个故事，并耐心等待我完成！“故事航班”由于我头脑中的大雾被延误了——我很抱歉——但我在此衷心希望，接下来它一飞冲天！

我还要感谢大卫·利奇费尔德，他为这本书创作了如此美妙的封面。能有他的艺术作品为这本书添彩增色，我备感荣幸。

最后，我要一如既往地感谢我的缪斯——历史本身，它献出了真正的瑰宝，让我的想象力得以腾空而起，自由飞翔。